COP CRAFT 4
Dragnet Mirage Reloaded
Shouji Gato + Range Murata

CONTENTS

[Kei Matoba]
AFFILIATION:San-Teresa Police Department
CLASS:detective sergeant
RACE:Japanese
CAREER:ex-soldier, JSDF,UNF(SOG)
[Tilarna Exedilika]
AFFILIATION:San-Teresa Police Department
CLASS:detective sergeant
RACE:Semanian
CAREER:the knights of Mirvor,the kingdom of Farbani,Sherwood High School

TWO WORLDS,
TWO JUSTICES.

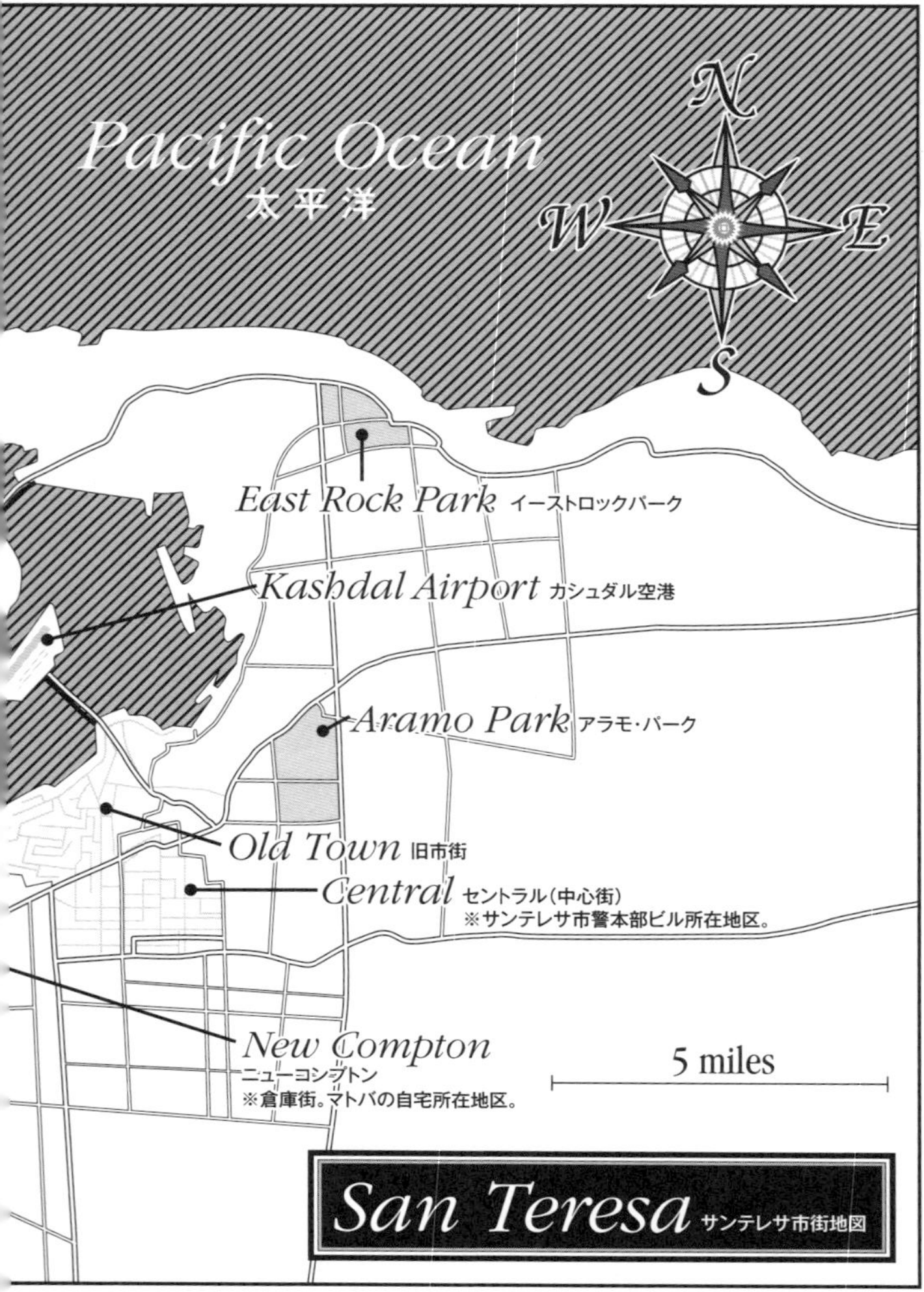
Pacific Ocean
太平洋
N
W
E
S
East Rock Park イーストロックパーク
Kashdal Airport カシュダル空港
Aramo Park アラモ・パーク
Old Town 旧市街
Central セントラル（中心街）
※サンテレサ市警本部ビル所在地区。
New Compton
ニューコンプトン
※倉庫街。マトバの自宅所在地区。
5 miles
San Teresa サンテレサ市街地図

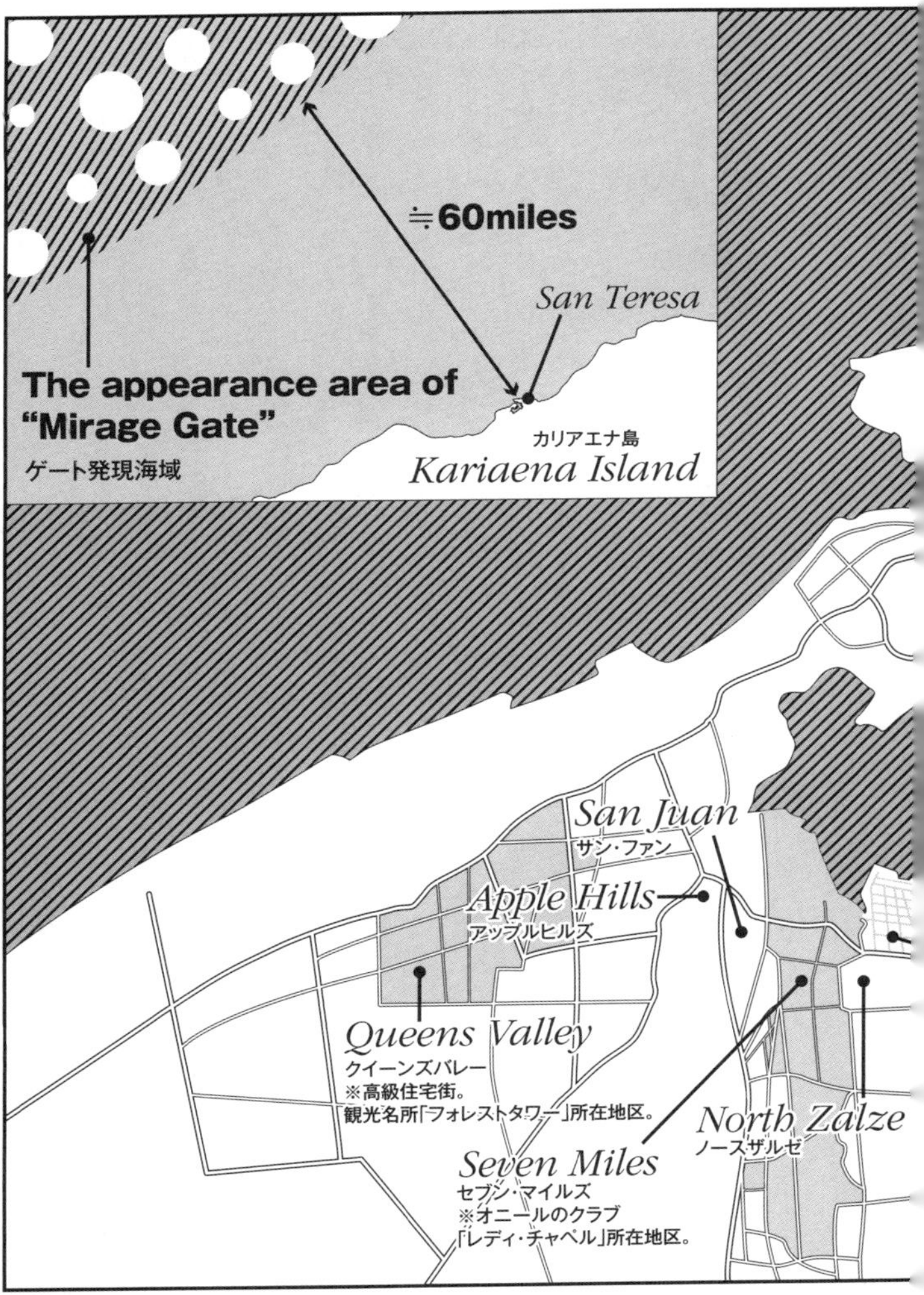
≒60miles
San Teresa
The appearance area of
"Mirage Gate"
ゲート発現海域
カリアエナ島
Kariaena Island
San Juan
サン・ファン
Apple Hills
アップルヒルズ
Queens Valley
クイーンズバレー
※高級住宅街。
観光名所「フォレストタワー」所在地区。
North Zalze
ノースザルゼ
Seven Miles
セブン・マイルズ
※オニールのクラブ
「レディ・チャペル」所在地区。

人物紹介

ケイ・マトバ
サンテレサ市警、特別風紀班の刑事。

ティラナ・エクゼディリカ
ファルバーニ王国の騎士。セマーニ人。

ビル・ジマー
特別風紀班の主任。警部。

トニー・マクビー
特別風紀班の刑事。

アレクサンドル・ゴドノフ
特別風紀班の刑事。トニーの相棒。

ジェミー・オースティン
特別風紀班の刑事。

キャメロン・エステファン
特別風紀班の刑事。ジェミーの相棒。

セシル・エップス
検死官。

ビズ・オニール
自称牧師の情報屋。

ケニー
オニールの秘書兼用心棒。

ヘルマンデス
CBP(税関国境警備局)の捜査官

photo : Hanta Arita
design : Mikiyo Kobayashi + BayBridgeStudio

曇り空の彼方《かなた》から、ゆっくりと飛行艇《ひこうてい》が近づいてくる。

ブッシュネルの双眼鏡から見える限り、単発のプロペラ機なのは間違いないようだったが、まだエンジン音は聞こえてこない。距離はざっと五～六マイルか。おそらく二分かそこらで、この小さな飛行場に降りてくるはずだ。

ケイ・マトバは携帯無線のスイッチを入れた。

「ようやくお客さんが来るぞ。全ユニット、待機しろ」

点呼はすでに済ませている。待機中のメンツは総勢で一二名。マトバ属するサンテレサ市警特別風紀班の刑事たちと、地元のゴランビザ郡《カウンティ》警察の制服警官だ。粗末な格納庫や管制小屋、倉庫などに隠れ、手ぐすね引いて『お客さん』を待ちかまえている。

「意外だ。本当に来るとは」

マトバの後ろで退屈そうにしていたティラナ・エクセディリカがつぶやいた。丁寧《ていねい》に結ったブロンドと白銀の鎧《よろい》。コンクリート製の壁に背を預け、鞘《さや》入りの長剣《クレーゲ》の先でこつこつと木箱をつついている。

「ま、オニールのタレコミも、たまには役に立つってことだ」

「たまには、な」

発端《ほったん》は昨夜のことだった。

一仕事終えたマトバが自宅に帰り、長らく放置していた帆船《はんせん》模型に手を着けようとしたところで、情報屋のオニールから電話があったのだ。

なんでもオニールはその晩、どこぞの女とセブン・マイルズのクラブにいたそうで、そばの男たちの会話を『偶然』聞いたのだという。自称牧師の（場合によって神父や司祭や霊媒師《れいばいし》にもなる）オニールが、その姉ちゃんをどんなデタラメで口説《くど》いていたのかは知ったことではないのだが、盗み聞きした内容は興味深いものだった。

サンテレサ市の西、ゴランビザ郡《カウンティ》の湿地帯にある小さな飛行場に、密輸品が運び込まれる予定だという。

品目はわからない。おきまりの麻薬――『小鬼の粉《ゴブリンズ・パウダー》』や『妖精の塵《フェアリーズ・ダスト》』かもしれないし、関税逃《のが》れの嗜好品《しこうひん》かもしれない。ひょっとしたら人身売買の可能性もある。いずれにしても、正規の交易ルートを通せない品物なのは確かだ。

そもそもこのランセロス飛行場は定期便が離着陸するような施設ではなく、広大なゴランビザの湿地帯で暮らす、ごく少数の住民が利用しているだけの場所だ。

週に何度かおんぼろプロペラ機が離着陸するだけで、常駐している職員すらいない。誘導用のビーコンもないし、もちろんレーダーの類《たぐ》いもない。サンテレサ市から車で二時間の田舎《いなか》で、いちばん近い警察署ですら三〇分かかる。

この手の飛行場はカリアエナ島全土に数え切れないほどあり、当然、密輸業者たちからいいように利用されている。低空を飛ぶ小型機は交通局の管制レーダーでは追尾しきれないし、またその予算もない。

　要するに、オニールのような情報屋のタレコミに頼らないと検挙もままならないのが現状だった。

　密輸品《ブツ》の引き取り手はいない。なにも知らないチンピラがレンタカーをこの飛行場まで持ち込んだだけで、すでに身柄も車も押さえていた。

　あとはあの飛行艇《ひこうてい》が着陸してくるのを待つばかりだ。

「わたしは待ちくたびれた。ケイ、早く済ませて帰ろう」

　ティラナが立ち上がった。軽い運動に備えるように、胸をそらしてのびをする。

「おい、買い物に来たんじゃねえんだ。気軽に言うな」

「買い物のほうがよほど大変だぞ。なにしろ地球人《ドリーニ》の相場は複雑すぎる。お茶は一ドルなのに、ただの魚の卵が二〇〇ドルとは。意味がわからぬ」

「キャビアのことなら、こないだ説明しただろうが」

　セマーニ世界の騎士であるティラナが、サンテレサ市に来てもう四か月が経《た》っているが、いまだに彼女は地球世界での常識に馴染《なじ》めていない。ここまで来ると異世界人であるセマーニ人がどうだとかいう問題よりも、むしろティラナ個人の資質なのではないかと疑ってしまう。

「わたしの領地では、茶葉が魚卵の数十倍だった」

「近所の川で釣った魚の卵とキャビアを一緒にするな。だからお前は田舎モンなんだ」

「むっ……。田舎《いなか》とはなんだ。わたしのナルマは歴史ある町だぞ！　古くはダーゼメラヤ王の御代《みよ》より交易で栄え、シュワザの戦いでは敵将ベルベーイを打ち破ったのだ。おまえの故郷ウォーヌマとやらなど、ものの数ではない」

「ウオヌマはコメの産地だ。俺《おれ》の出身はサガミハラ。いい加減覚えろ！」

「似たようなものだろう」

「全然似てねえ。ひょっとしてあれか？　おまえら宇宙人の耳ってのは、そういうふうにできてるのか？　ウオヌマとサガミハラが似たような音に聞こえるのか？」

するとティラナはふんと鼻を鳴らした。

「なかなか興味深い疑問だ。おまえら野蛮人《ドリーニ》が周囲のものをどう認識しているか――案外、まったく違う世界が見えているのかもしれぬ。だがあいにく、それは『モーズ・ネル・バルバ』でも使わねば検証はできぬな」

「モーズ……なんだって？」

「『魂《たましい》の運び手』という術《ミルディ》だ。人と人との心を入れ替えるという秘術で……それを用いれば、おまえたちドリーニが、人の言葉をどう聞いているか分かるだろうな」

「はあ」

一部のセマーニ人が使う魔法の存在については、マトバもしぶしぶ認めているのだが、さすがにそんな魔法は眉唾《まゆつば》だった。

「そりゃすげえな。おまえ、使えるのか」

「まさか。古くに失われた秘術だ。わたしの師《ゼエザ》ですらその断片しか知らぬ。わたしが言いたかったのは、それくらいの大魔術でもなければ、おまえたちドリーニのことは理解できぬだろうと――」

「あー、もういい。そろそろ来るぞ」

ターボプロップの爆音が近づいてくる。もう双眼鏡は必要ないくらいの距離まで飛行艇《ひこうてい》が迫っていた。

飛行艇といっても、古いセスナ機に引き込み脚付きのフロートを増設しただけの代物《しろもの》だ。正式なモデルではなく、業者が勝手に改造したものだろう。

書類上は廃棄された機体が、密輸の片棒を担《かつ》いでいる例は前から多い。ゲートをくぐって地球《こちら》に来たセマーニ世界の帆船《はんせん》から、海上で荷物を受け取り、こうしてほとんど無人の飛行場に降りてくるのだ。

飛行艇のフロートから着陸脚が出て、最後の着陸態勢に入る。

たいした風も吹いていないのに、ふらふらと左右に翼を振り、ぎこちなく高度を上げ下げしていた。マトバは航空機のライセンスを持っていなかったが、それでもパイロットの腕前がヘボなことは想像できた。

接地。

何度か宙に浮き上がりながらも、タイヤを滑走路に押しつけるようにして、機体は無事に着陸した。一度停止してから、思い出したようにプロペラの回転数を上げ、のろのろと未舗装《みほそう》の誘導路へと進んでいく。

「そのまま待機。そのまま待機。……格納庫《ハンガー》の前でエンジンを切ったら突入だ」

携帯無線にささやく。

風紀班《バイス》の同僚たちはもちろん心得ているだろうが、支援に同席している郡警察のパトロール警官たちはその限りではなさそうだった。縄張りにドタドタとやって来た市警本部の刑事《デカ》どもよりも、自分たちのほうがよほどいい仕事ができることを証明したがっている。

それでも経験豊かな年輩の警官は、マトバの指示に忍耐強く従った。

だが一人いた郡警察の新米は違った。

『もう大丈夫です。行けます』

格納庫の奥に待機していた若い警官が無線越しに言った。

「待て。まだ出るな。そのまま待機。くりかえす、そのまま待機」

『この位置がいちばん近いんです。行きます！』

「やめろ、馬鹿野郎《ばかやろう》！　台無しになるぞ！」

滑走中の飛行艇《ひこうてい》を遮るようにして、郡警察のパトカーが突進した。

派手なサイレンと回転灯。密輸屋のパイロットはすぐさま反応した。アイドリングしていたプロペラの回転数がたちまち上がり、飛行艇がぐんと速度を増す。駐機場と誘導路を分ける芝《しば》生《ふ》を軽快に乗り越えて、そのまままっすぐ滑走路へ。

離陸して逃げる気だ。

「ああ、くそっ……全ユニット突入！　全ユニット突入！　対象を押さえろ！」

『押さえろって、どうやって？』

同じ風紀班のトニーが無線越しに言った。彼と相棒のゴドノフは滑走路の端、丈の高いブッシュの中に潜《ひそ》んでいる。

「なんでもいい。離陸させるな！」

『発砲《はっぽう》を許可するってこと？』

「あー、それはだな……うーん。否定《ネガティブ》だ。先に撃つのは許可しない」

離陸できるくらいの燃料がある飛行艇だ。下手《へた》な発砲は危険だし、なにより向こうが撃っていない。警察という立場の辛《つら》いところだ。これが軍なら容赦《ようしゃ》なく相手を蜂《はち》の巣にしているだろう。

「ケイ。発砲はできないのだな？」

すまし顔でティラナが言った。

「何度も言わせるな。こちらからは撃てない」

「ならば、わたしに任せろ」

「なに？　……おい!?」

ティラナが管制小屋の窓を飛び越え、滑走路めがけて駆《か》けだしていった。

問題の飛行艇《ひこうてい》は滑走路の端から加速を始めている。郡警察のパトカーが進路を遮ろうとしたが、ぬかるみにタイヤをとられてうまく回り込めないでいた。ターボプロップの爆音が高まる。このままでは離陸されてしまう。

ティラナが滑走路の真ん中に立った。迫り来る飛行艇の真っ正面だ。腰にさげた鞘《さや》から長剣《クレーゲ》を抜き、八双《はっそう》の構えをとっている。

後を追ってきたマトバは、ティラナの行動に蒼白《そうはく》になった。

「おいバカ、やめろ！　死ぬ気か!?」

「黙って見ていろ」

「そっ……」

飛び出して彼女を突き飛ばそうかとも思ったが、その直後に自分がプロペラの餌食《えじき》になるのは明白だ。それに彼女の頭がおかしくなったのでなければ、なにかの確信に基づいて行動していることは想像できる。

手をこまぬいているうちに、飛行艇とティラナが交錯《こうさく》した。

一閃《いっせん》――。

ぎりぎりで身をかわしざま、ティラナが長剣を振るう。小さな火花と耳障りな金属音。それだけがマトバに認識できた。

「……！」

さいわいティラナはプロペラに巻き込まれることもなかった。

滑走路の上を前のめりに転がって、通り過ぎた飛行艇を見送っている。一方、フロート付きのセスナ機はほとんど減速しなかった。一瞬よろめいたようにも見えたが、そのまま滑走路の端まで突き進み、きわどいところで空へと舞い上がった。

『逃がした。くそっ。逃がしちまったぞ、くそったれが！』

無線の向こうで、郡警察の誰かが怒鳴っていた。

そもそもはお前らの新人がやらかしたことだろうが——そう怒鳴り返してやりたかったが、アウェイでその発言はうまくない。マトバはぐっとこらえて何も言わずに、離陸した飛行艇を呆然《ぼうぜん》と見送っていた。ティラナは平然と立ち上がり、お尻《しり》についた砂埃《すなぼこり》を払っている。

「……おい。あれはなんのつもりだ？」

「なにがだ？」

「いまのドタバタだ。自殺行為だったぞ!?　犯人《ホシ》を逃がすだけならまだしも……捜査員が死んだら大目玉だ！」

マトバの剣幕にも、ティラナはたじろがなかった。みるみると高度を上げ、遠ざかっていく飛行艇を見やり、「ふむ」と鼻を鳴らしてみせる。

「自殺？　わたしが自殺などするわけがないだろう」

「だったら……」

「発砲《はっぽう》せずに、あの飛行機《エアプレーン》を止めてやろうと思ったのだ。ああいうときは、やはり地球人《ドリーニ》の道具は頼りにならぬようだな」

「はあ？」

「見るがいい」

そのとき、空の彼方《かなた》に遠ざかる飛行艇《ひこうてい》の下部に取り付けられていたフロート、その左側が脱落するのが見えた。音は聞こえない。その胴体部分に匹敵《ひってき》するほどのサイズのフロートが、くるくると回って虚空《こくう》を落ちていくのだけはよく見えた。

腕のいいパイロットなら、それでもまだ飛べただろう。

だが重心が狂った機体のバランスを維持して、そのまま水平飛行を続けることは、あのパイロットには無理なようだった。翼が左右に大きく揺れて、高度が落ちる。きりもみ飛行に入りかけて、どうにか姿勢を回復しながらも、ふらふらと動き続けて――。

「あ……」

不時着。

丈の高いブッシュの向こうだったが、大きな水しぶきが上がるのだけは肉眼でも見えた。

ここは湿地帯だ。落着した場所の水と泥が、いいクッションになってくれたことを祈るばかりだ。もし運が良ければ、あの飛行艇の操縦士たちも命くらいは助かったかもしれない。

「わかったか。これがヴァイファート鋼の切れ味だ」

長剣《クレーゲ》を鞘《さや》に納め、ティラナが言った。

「おまえたち地球人の機械など、ものの数ではない。つまらぬ銃《ガン》などに頼らずとも、これくらいのことはできるのだ。……まあ、もちろんいくつかの魔術《ミルディ》は使ったがな」

「……あー、うん。そうか」

適当に相づちを打ってから、マトバは無線に呼びかけた。ひそひそと。

「……バカが飛行機を落とした。繰り返す、バカが飛行機を落とした。大至急、墜落《ついらく》現場に急行せよ」

「待て、ケイ。もしかして、バカというのはわたしのことか？」

「うるさい！　ほかにだれがいるってんだ!?」

いかにも不服そうなティラナに向かって、マトバは怒鳴りつけた。

一五年前。

太平洋上に、未知の超空間ゲートが出現した。常に形を変え、おぼろなまま揺れ動くそのゲート群の向こうに存在していたのは、妖精や魔物のすむ奇妙な異世界だった。

『レト・セマーニ』。

それは向こう側の世界に住む人々の言葉で、『人間の土地』という意味である。両世界の人類は何度かの争いを繰り広げながらも、交流の道を模索し続けていた。

カリアエナ島、サンテレサ市。

超空間ゲートと共に西太平洋に現れたこの巨大な陸地と、その北端に建設されたこの都市は、地球側・人類世界の玄関口にあたる。

二〇〇万を越える両世界の移民。
雑多な民族と多彩な文化。
そして持てる者と、持たざる者。

ここは世界で最も新しく、また最も活気に満ちた『夢の街』である。

だがその混沌《こんとん》の陰には、数々の犯罪がうごめいていた。セマーニ側の危険な魔法的物品と、地球側の兵器や薬物が裏取引され、また、かつてなかった民族対立と文化衝突が新たな摩擦《まさつ》を生み出している。

この街の治安を預かるサンテレサ市警は、常にそうした事件、特殊な犯罪に立ち向かっているのだ。

1

密輸業者の不時着現場は湿地帯のど真ん中だったので、車で急行することができなかった。ヘリの手配には数時間かかる。

しかもすばらしいことに郡警察のアホどもはボートもホバーも用意していなかったので、二キロの距離を徒歩で向かわなければならなかった。

股下《またした》すぐまで泥水につかって、うっそうとした水草をかきわけ、足場の不確かな中を二キロ進むのだ。

マトバは軍にいたころ、よくこんな湿地帯を何十キロも偵察《ていさつ》したものだったが、あのとき着ていたのは野戦服とジャングルブーツだった。だがいまドロドロに汚れているのはベルサーチのスーツとフェラガモの靴で、歩くたびにガポガポと不快な感覚がくるぶしを襲《おそ》っていた。

捜査チームの全員が、一〇歩進むたびに悪態をついた。マトバも呪《のろ》いの言葉を何度も吐いた。悪口のネタがなくなってしまったので、日本語でも罵《ののし》りワードを連発した。ほかの連中も似たり寄ったりで、しまいには互いに母国語の罵詈雑言《ばりぞうごん》を教えあう始末だった。

ティラナは黙って列の最後尾を付いてきていた。

彼女の白いファルバーニ様式の衣装もひどい有様《ありさま》だったし、身長が低いので腰までどっぷり泥水の中だったが、さすがに文句は言わなかった。もし彼女が不平を漏《も》らしたら、全員から罵りワードの集中砲火《ほうか》を浴びることくらいは想像できるようだ。

ロシア出身のゴドノフ刑事から、『チョルト・バジミー』という言葉を教わったあたりで、一同はようやく不時着現場に着いた。もう四〇分近くが経過していた。

「そこで援護だ。俺《おれ》とティラナは右から回る」

さすがにおしゃべりはやめだ。銃を抜き、注意深く不時着機に接近していく。

思いのほか機体の損傷は軽いようだった。主翼が折れて胴体が横倒しになっていたが、目立つ破壊はそれくらいで、火災も起きていない。エンジンはすでに停止しており、むしろ不気味なくらいの静寂があたりを支配していた。

「もう死んでいるのではないか？」

ティラナが後ろからささやく。

「他人事《ひとごと》みたいに言うな。お前が墜落《ついらく》させたんだぞ」

「それはそうだが、人の気配がないのだ」

「…………」

愛用の自動拳銃《けんじゅう》を構え、不時着機の右側に回り込む。逆光気味で視界が悪い。泥水をかきわけて近づくしかないので、忍び寄るのは不可能だ。

「警察だ！　機内にだれかいるか!?」

返事はない。マトバはもう一度呼びかけてみたが、やはり反応はなかった。

ここでウダウダやっていても仕方がないだろう。思い切って機体に近寄っていく。ティラナは彼のすぐ右後方から付いてきた。なにかあったときに——たとえば機内の誰かからマトバが撃たれたときに、すぐに相手を斬《き》り伏せられる位置だ。

特に二人で話し合ったことはないのだが、最近は自然とそうなっている。場合によってはその逆の位置にもなる。お互い息が合ってきた、ということなのだろうが、ムカつくので誉《ほ》めてやったことはなかった。

目線で『行くぞ』と合図を送る。ティラナは小さくうなずいた。

開きっぱなしのドアから中をのぞきこむ。いつでも撃てるように、トリガーに指をかけたまま——。

「……くそっ」

機内は無人だった。脱ぎ捨てたヘッドセットが、横倒しの機内で宙ぶらりんになっている。

「ここに来るまで時間がかかったからな。逃げてしまったか……」

ため息混じりにティラナが言った。

「気を抜くな。周囲に潜《ひそ》んでるかもしれない。それに逃げたとしても、まだ遠くまでは行ってないはずだ。付近の道路を封鎖《ふうさ》すれば、押さえられる」

マトバは携帯無線を取り出した。飛行場で待機中の味方に状況を知らせ、郡警察に協力を要請する。一緒にここまで来たゴドノフたちには、二人一組で周辺を捜索するように指示を出した。

「捜索?　いいけど、まだこの沼地を歩くのかよ」

「日が暮れたら何もできなくなる。急げよ」

「了解、了解……」

散っていくゴドノフたちを見送りもせずに、マトバは機内の貨物室を調べた。

一メートル四方の木箱が三個。

重いというほどではなかったが、この沼地の中を持って逃げるにはかさばりすぎる。密輸業者はこの荷物をあきらめて逃走したのだろう。

箱を開ける。

中に入っていたのは、がらくたばかりだった。セマーニ産の陶器や織物、大工道具や調理器具。物珍しいのは確かだったが、サンテレサ市の観光客向けの土産物屋《みやげものや》に置いてありそうなものばかりだった。

「これが密輸品か?」

拍子《ひょうし》抜けした様子でティラナが言った。

「だったらひどく間抜けな奴《やつ》らだ。このがらくたの総額なんぞ、たぶん俺《おれ》のベルサーチよりも安いぞ」

沼地を歩いて台無しになったスーツの泥を払いながら、マトバはぼやいた。

「いや、待て――」

ティラナが小鼻をふんふんと鳴らした。

「どうした」

「『匂い《ブラニイ》』がする」


さいわい、同僚のトニー・マクビーが手配してくれたホバー・ボートが来てくれたおかげで、帰り道は歩かずに済んだ。だからといって、どろどろのスーツがどうにかなったわけでもないが。

ゴドノフたちの捜索は徒労に終わり、あの飛行艇《ひこうてい》に乗っていたはずの密輸業者は見つからなかったし、郡警察の封鎖《ふうさ》に引っかかることもなかった。遅れてやってきたCBP（税関国境警備局）のヘリからの捜索も空振りだった。普通に考えれば、あんな過疎地《かそち》で墜落機《ついらくき》から逃げた犯罪者が、こちらの捜索をかいくぐるのはひどく困難なはずだったのだが、とにかく見つからなかったのだ。

「こちらのヘリは赤外線センサも標準装備している。見つからなかったのだとしたら、君らが殺したことになるかもしれない」

派遣されてきたCBPの捜査官が言った。

マトバたちがようやくランセロス飛行場に戻り、シャワーも着替えもできないまま、細かい段取りについて相談しながら、砂糖がたっぷり入ったコーヒーを不景気な顔ですすっていたところに来たのだ。

「あんたは？」

ひどく不機嫌な声でマトバは言った。

「失礼。ＣＢＰのヘルマンデス捜査官だ。よろしく」

そのヘルマンデス捜査官は洗練された手つきで握手を求めてきた。

年齢は四〇前後か。見た目は絵に描いたような官僚タイプだ。ガリベン系のヒスパニック。よく手入れされた三つ揃えのスーツに、きっちり刈り込んだヘアスタイル、そして色気のかけらもないような眼鏡《めがね》をかけている。女にはモテないが数字仕事にはことさら有能なタイプに見えた。

マトバは差し出された手をぞんざいに握り返した。

「サンテレサ市警《ＳＴＰＤ》のケイ・マトバだ。できればもうちょっと早く来て欲しかったもんだがね」

嫌味を言ってもヘルマンデス捜査官は眉《まゆ》一つ動かさなかった。

「こちらも人手不足でね」

このカリアエナ島の治安を預かる組織は、市警察だけではない。アメリカ合衆国政府が実質的に支配しているため、様々な法執行機関がひしめいている。ＦＢＩ（連邦捜査局）、ＤＥＡ

（麻薬取締局）、ＡＴＦ（アルコール・火器・タバコ取締局）、なんやかや。

ヘルマンデスの属するＣＢＰ（税関国境警備局）も、そうした組織のひとつだ。

日本生まれのマトバにとっては奇妙な状況でもある。いってみれば日本の法務省や財務省、厚生労働省、国土交通省などが捜査機関を持っていて、好き勝手に悪党を狙《ねら》っているようなもので、しかもそれぞれがおとり捜査や極秘捜査を勝手に進めている。えらいさんは各機関の協調を求めるが、現場ではそうスムーズに事は運ばない。

縄張り争いもひどいが、面倒な事件の押しつけあいはもっとひどい。

マトバはサンテレサ市の警官になりたてのころを思い出した。いまでは刑事をやっているが、制服を来てパトカーで市街を回っていた時期もあったのだ。

そんなある冬の晩、巡回地域ぎりぎりの交差点で、ホームレスが死んでいた。どこかで入手したバーボンをしこたま飲んで、そのままぶっ倒れて凍死したのは明らかだった。かわいそうだとは思ったが、その死体の搬送《はんそう》手続き、発見時の報告書の作成、その他あれこれの書類仕事をこなすのはうんざりだった。

結局、そのときの相棒と示し合わせて、路上の死体を五ヤードほど西側に動かした。わずか五ヤードだが、そうすれば死体の管轄《かんかつ》は隣の分署のものになる。地図上ではそうなるのだ。

無線で『異常なし』と告げて、その場を去って二時間後。

同じ交差点にやって来たら、動かしたはずの死体が、五ヤード東に戻っていた。どう考えても、隣の分署の連中が同じことをしたのだろう。

そのときの相棒は『また戻そう』と強硬に主張したが、さすがにマトバは気が引けて、本部に死体発見の報告を送った。おかげで帰宅が五時間遅れ、その相棒とは縁が切れるまでぎくしゃくした関係が続いた。

ともかく、ヘルマンデス捜査官だ。

ヘルマンデスはこの一件の捜査権をＣＢＰに譲《ゆず》るように主張してきた。事件の起きた場所がサンテレサ市警の管轄外になるため、通常の手続きならそうなる。だが沼地を歩き回って苦労した身としては、素直に『はいそうですか』と答える気にはなれなかった。

「すぐには譲れない。逃げた密輸犯もまだ捕まってないんだ」

「その捜索はこちらが続ける。押収品《おうしゆうひん》をこちらに渡して、明朝までに報告書を送ってくれ」

「それでこちらはお役御免と？」

「そうだ」

気に入らない態度だった。

とりたてて高圧的でも慇懃無礼《いんぎんぶれい》でもないのだが、ヘルマンデスの口ぶりは、それが当然だとでも思っているかのようだ。別にねぎらいの言葉が欲しいわけではなかったが、この男の要求に従うことが、マトバにはひどく気に入らないことのように思えた。

「そうはいかない。逃亡中の犯人を押さえて、調書をとってからだ。押収品のリストもまだ作っていない」

「こちら《CBP》の要請を拒絶するのかね?」

「いいや。そんなことは言ってないさ」

大儀《たいぎ》そうに立ち上がり、マトバは言った。ゆっくりとした仕草で、ヘルマンデスの目をのぞきこむ。

「そんなことは、言ってない」

繰り返して言ってやると、相手の顔に、ほんのわずかな苛立《いらだ》ちの表情が現れた。かたやマト
バはわざとらしく破顔一笑《はがんいっしょう》して、相手の肩になれなれしく手を置いた。泥だらけの手を。

「ま、こういうことには時間がかかるんだ。きちんと引き継ぎはするから、少し待ってくれよ」

「このことは正式に抗議させてもらうぞ」

「そうかい、ご随意《ずいい》に」

肩についた泥を払いながら、ヘルマンデスはその場を去っていった。

車ならまだ好感が持てるが、乗り込んだのはCBPのヘリだ。ターボシャフト・エンジンの
爆音と巻き上がる砂埃《すなぼこり》。去り際に砂でもかけられたような気分だった。

「えほっ……いいのか、ケイ?」

そばで黙ってやり取りを見ていたティラナが言った。

「いいって、なにがだ」

「あの男のＣＢＰは、市警察の上位組織にあたるのだろう？　逆らってはいずれ問題になる」

「上位ってわけじゃない。理由があれば、断《ことわ》ることはできる」

「そうなのか」

「まあ……普通なら素直に引き継ぐところだがな。今回はどうも……なんというのか……」

マトバは言いよどんだ。

「ムカついた？」

「それもあるが、それだけじゃない。とにかく、ひっかかったんだ」

それだけのために、組織間のやり取りをややこしくする気はもちろんない。だが、頭のどこかが『もう少し待て』と言った。毎度の直感だ。こいつを人に言うのはみっともないことだし、自分の流儀にもそぐわない。

とにかく上司からガミガミ言われるとしても、もうちょっと様子を見るべきだと、頭のどこかが彼に告げたのだ。なにも沼地を歩いてムカついたということだけが理由ではない。

「それに、警察犬《K9》もそう言ってたしな」

するとティラナは顔をしかめてむっとした。

「わたしが言った『匂い《プラティ》』のことか？」

「まあな」

「そっ……」

抗議しようとしたティラナに、マトバは手のひらを突き出し制止した。

「とにかく一晩くらいは時間を稼《かせ》いだんだ。押収品《おうしゅうひん》の吟味《ぎんみ》をしたい。やれるな?」

「…………」

不承不承、ティラナ・エクセディリカはうなずいた。


超空間ゲート『ミラージュ・ゲート』の向こうにある、セマーニ世界にはいくつもの国家がある。ティラナはその大国ファルバーニ王国の準騎士《バルシュ》だ。準騎士といっても地球《ドリーニ》の警察でいえば『巡査部長《サージャント》』くらいのもので、ただの見習いではない。法律上はケイ・マトバと同じ階級にあたる。

この『騎士《ナイト》』という単語も誤解を招きやすい。

これはあくまでセマーニ世界での地位を示す言葉であって、必ずしも騎馬に乗って剣や槍《やり》で戦うわけではない。ティラナの場合も同様で、彼女は剣士でありながら、同時に魔法使い《ミルディーテ》でもある。

魔法使い。

たしかに、セマーニ世界には魔法使いがいる。

地球人類には想像もつかない、科学文明とはまったく違った力を持つ人々だ。そしてティラナはその魔法のエネルギーを嗅《か》ぎ取る能力を持っている。さらにいえば、彼女自身もいくばくかの魔法を使うことができる。

さらにティラナには有用な能力がある。セマーニ世界からの魔法的物品を嗅ぎわける能力に長《た》けているのだ。ティラナやセマーニ人たちは、それを『匂い《ブラニィ》』と呼んでいる。ほとんどの地球人《ドリーニ》にはわからない感覚だ。

だがこのサンテレサ市警での唯一《ゆいいつ》のセマーニ人であるティラナには、それがわかる。マトバが彼女を『警察犬《K9》』と呼ぶのは、なにも単なる蔑称《べっしょう》ではないのだ。

ゴランビザの湿地帯からサンテレサ市に帰り着いたのは、深夜の一時過ぎだった。

いまマトバが使っている車はフォルクスワーゲンの古いワゴンだったので、押収品は丸ごとキャビンに放り込んで搬送《はんそう》することができた。そのまま市警本部に運び込んでもよかったのだが、長い運転で眠いし疲れていたので、ニューコンプトンの自宅に持ち帰ってしまった。

「そういうのは、手続き上問題ないのか？」

ティラナが小さなあくびをして言った。彼女はゴランビザからの帰り道、ずっと助手席で眠っていたのだが、まだ寝足りない様子だった。

「なにがだ？」

「押収品だ。自宅に持ち帰ったら横領《おうりょう》になるだろう」

「現場で全部並べて撮影している。警部にもＣＢＰにも伝えてある。あとでＣＢＰがチェックするから問題ない」

そっけなく言うと、マトバは木箱の一つを抱えて、一階のガレージから二階のリビングへと向かった。

「とはいえ、プライベートな空間に仕事の物品――しかも誰の所有かもわからないモノを持ち込むのは気が進まぬ……」

「おいおい、勘弁してくれよ」

うんざりしてマトバは言った。

「これから本部までこいつを運ぶのか？　そんな元気、これっぽっちも残ってないぜ。やるなら一人でやってくれ」

「運転ができるなら、そうしてやろう。だがあいにく、わたしはあのオートモビルを動かせぬのだ。なにしろマニュアル車だからな」

ティラナはなぜか威張るように、小さな胸をそらした。

「なにをえらそうに。AT車でも、絶対おまえにハンドルは握らせねえ」

「そっ……」

「いいからさっさと運ぶの手伝え」

眠くて死にそうだった。リビングに押収品《おうしゅうひん》を運び込み、出迎えた猫のクロイをひと撫《な》でしてから、いの一番にバスルームを占拠《せんきょ》する。こういう夜は早い者勝ちだ。さっと鍵《かぎ》をしめてしまうと、ティラナがはげしく扉《とびら》をたたいた。

「ずるいぞ、ケイ!?　きょうはわたしが先のはずだ！」

「もう日付が変わってるぞ。俺《おれ》が先だ。悪しからず」

そそくさと素《す》っ裸《ぱだか》になってシャワーを浴びる。ティラナは外でしばらくぎゃあぎゃあ何かをわめいていたが、お湯の音でよく聞こえなかった。

だいたい、あいつの風呂《ふろ》はやたらと長いのだ。

さすがに共同生活の空間に自分の下着やら何やらを置いておくほどガサツではないようで、一階の自室から入浴セット一式を毎回持ち込んでくる。さらにはあの長い髪を乾かしたり編んだり何やかや——とにかく女ってのは面倒くさい。紳士的に先を譲《ゆず》って待っていたら、そのまま夜が明けちまう。

シャワーを終えてすっきりしてから、適当なトレパンをはき、上半身裸で出ていくと、私物の籠《かご》を抱えたティラナがマトバをにらみつけていた。こちらの姿に困惑する様子はまったくない。最初のころは不愉快そうにしていたが、もう慣れたようだ。

「お先」

「馬鹿《ラケバイ》」

わざと肩を乱暴にぶつけてから、ティラナはバスルームに入っていく。

「ああ、待った。待った」

マトバは彼女が扉を閉めるのを邪魔した。

「なんだ。さっぱりしたのだろう。さっさと眠るがいい」

「いや、もちろん寝るけどな。おまえは押収品《おうしゅうひん》の分類やっとけよ」

「はあ？　なんだと？」

堅物のティラナにしては珍しい仕草だ。大口を開けてあっけにとられている。

「当たり前だろう。例の『匂《にお》い』を嗅《か》ぎ分けられるのはお前だけなんだから。それにずっと運転してた俺《おれ》の横で、のんきにイビキかいてたのはだれだ？」

「い……イビキだと!?　わたしは決してイビキなど……」

「ヘルマンデスのお達しで、午前一一時までに押収品倉庫に入れなきゃならん。いいな？　よろしく」

「そっ……」

一方的にバスルームの扉《とびら》を閉める。言い合いはもうたくさんだ。いびきというのは嘘《うそ》だったが、機先《きせん》を制するのにはいい言葉だった。うん。これからも活用しよう。

中で洗濯機を蹴《け》り飛ばす激しい物音がしたが、知ったことではない。ビールを飲む気力さえわいてこないほど眠かった。リビングを横切り、奥の寝室に直行する。ベッドに倒れ込むと、マトバはすぐに大いびきをかきはじめた。

隣の寝室から、幸せそうないびきが聞こえてくる。風呂《ふろ》上がりのティラナは、怒りに任せて扉を蹴破ってやりたかったが、ぐっとそれを思いとどまった。

確かにケイ・マトバの言い分には一理がある。ゴランビザ郡の飛行場への行きも帰りも、自分は助手席でうたた寝していた。実はそれほど眠くもない。それに密輸業者の押収品の吟味《ぎんみ》も、あやつら野蛮人《ドリーニ》にはできぬことだ。

とはいえ、態度が気に入らない。

もうすこし頼み方というものがあるのではないか？　たとえば……そう、『偉大なるファルバーニの準騎士《バルシュ》にして、名門エクセディリカ家の長女であるティラナ様にお頼み申す。どうかわれら卑《いや》しきドリーニに代わって、このがらくたの吟味をしていただけませぬか？』と。

「ないな……」

ケイがそんな頼み方をすることはありえぬし、そう頼まれたところでわたしが首を縦に振ることもありえぬ。

要するに、こんな仕事などやってられないということなのだ！

テーブルに拳《こぶし》を打ち付けると、そばにいた猫のクロイがびくりと震え、つぶらな瞳《ひとみ》で彼女を見つめた。

「ああ……すまぬ、クロイ」

キャミソール姿でかがみこみ、小さな黒猫の背中を撫《な》でる。

「ケーヤ・クロイ・シー。おまえを驚かしたかったわけではないのだ。ただ……わかるだろう？　あそこで寝ている男に腹が立っただけなのだ。あの男ときたら……野暮《やぼ》で、無粋《ぶすい》で、言うことなすことすべてが不愉快だからな。どうだ？」

クロイは『みゃーお』と一鳴きした。否定とも肯定《こうてい》ともとれる声だったが、ティラナはそれを肯定と解釈した。

「そうだろう。そもそもあやつは、淑女《レディ》の扱いというものがわかっておらぬ。いや、ケイがわたしをそう見なしているかどうかの問題はさておき、とにかくムカつくのだ。……おぬしもレディだ。ならばこそ、わたしの憤《いきどお》りは理解してくれると信じているのだが……」

そこまで言って、彼女はいい知れない虚《むな》しさを感じた。

猫に向かって何を言っているのだ、わたしは。いや、クロイはいい猫だが、この複雑な胸の内を理解しろというのは無理な願いというものだろう。

「いや、もういい。水だな？　おまえが欲しいのは単に水なのだろう？」

クロイが『みゃーお』と言った。これはたぶん、肯定だろう。

「わかった、待っておれ」

クロイ用のお皿に新鮮な水を注いでやってから、ティラナは渋々と押収品《おうしゅうひん》の分別にあたった。このリビングに運び込んだ木箱の中から、『魔力《ラーテナ》』の匂い《ブラニイ》が感じられるものを選《え》り分けるのだ。面倒な作業だが、小一時間もあれば終わるはずだ。

いくつかの木箱に収まった押収品の大半は、セマーニ世界のがらくただった。

陶器。銅器。鉄の調理具。

農具や工具や暖房具の数々。

使い込まれた道具に特有の『匂い《プラニィ》』もある。だがそれはケイが愛用する拳銃《ハンドガン》と同じかすかな性質のもので、まず実用的な力を発揮するような道具ではない。とはいえ匂《にお》いはするので、そうしたがらくたは分別してテーブルの右側に集めておく。

ひとつ、武具があった。小型の弩《いしゆみ》だ。

彼女の祖国ファルバーニ王国では見ない様式。古いグラバーニ文字が彫り込まれているが、それも年月のせいでほとんど読めなかった。

ケイの拳銃《ハンドガン》より小さいくらいの大きさで、子供のおもちゃと見紛《みまが》うような物品だ。実際、これに矢をつがえて人を撃ったとしても、まず相手を殺すことはできない。……いや、あたりどころが悪ければそれも可能かもしれない。だが普通なら、撃たれた人物は痛みでカンカンに怒って、撃った相手に飛びかかることだろう。それくらいの、とるに足らない小さな弩だった。

ところが――。

「…………ふん？」

これまでで一番強い『匂い《プラニィ》』が、この弩からは感じられた。それも使い込まれた道具のそれではなく、最初からその目的で作られた――そう、『魔術師《ミルディータ》』の手になるものだ。

この弩の素性《すじょう》はわからない。

だがほかのがらくたと分別しておくには値する一品だろう。ティラナはその弩《いしゆみ》に矢をつがえ、手近な雑誌類を何度か撃ってみた。やはり、なんの異変もない。だが自分が感じた『匂い《プラニィ》』は、この弩がいちばん強い。ほかの物品には、さして強い魔力《ラーテナ》はないようだった。だとして、この弩にどんな力が……？

「ふーむ……」

考えても仕方がなさそうだった。矢をつがえた状態のまま、テーブルの片隅に弩を置いて、残りの押収品《おうしゆうひん》の吟味《ぎんみ》に戻る。

古いが良い作りの杯があった。これでコーラなどを飲んだら、なかなかいい気分になれそうだ。キッチンで洗ってから使ってみようか……？　いやいや、さすがにそれはまずい。これはわたしの所有物ではないのだから。そう思って杯を卓上に戻したところで――。

クロイが『にゃあ』と言ってテーブルに飛び乗った。

「こら、クロイ。行儀が悪いぞ。ここは食事を置くところなのだ。たとえ猫《ケー》でも足を置くことはまかりならん」

手を伸ばすと、クロイが逃げた。こちらをからかっているのかもしれない。たしかに最近、仕事が忙しくてかまってやれなかったのだが、だからといってテーブルに乗っていていい理由にはならない。

「クロイ！　悪い子だ。いますぐそこから――」

身を乗り出し、クロイを抱き上げようとする。だがクロイはさらに飛び退《の》き、がらくたの山に前脚をかけて、そこでちょっとだけバランスを崩した。

黒猫の脚が、弩の引き金を踏みつけた。

「あ……」

弩はこちらを向いていた。軽快な発射音と共に小さな矢が射出され、とっさに身をかばったティラナの左腕に突き刺さった。

「いたっ……！」

いや、突き刺さったというほどの深手《ふかで》ではない。爪楊枝《つまようじ》よりも太い程度の矢だし、刺さった深さもほんのわずかだ。絆創膏《ばんそうこう》を貼《は》っておけば、数週間後には傷跡すらも残っていないだろう。

だがその小さな痛みよりも、はるかに大きなめまいがティラナを襲《おそ》った。

視界が狭くなり、直後に拡張する。

「っ……!?」

脳髄《のうずい》が頭蓋《ずがい》の中から飛び出したような浮遊感。物質的なしがらみを克服したような、あの奇妙な恍惚感。魔術師《ミルディーテ》としての力も持つ彼女は、すぐさまこれが自分の世界の魔法的産物によるものだと理解していた。問題は、自分がまったく魔術《ミルディ》を行使《こうし》しようとしていなかったことだ。力は暴走している。いや、むしろ制御されている。彼女の意思とはまったく無関係に。

肉体から取り出された思考が、どこか知らない場所へと連れていかれる。

脳髄《のうずい》から左腕へ。

左腕から、あの小さな矢へ。

そして矢から弩《いしゆみ》へ。

弩をめぐる魔術的な回路をくぐり、そして引き金を作動させた小さな前脚へ——。

クロイが悲鳴をあげている。

全身の力を失い、ティラナはリビングの床に倒れ伏した。

2

爆睡してから一時間半後、マトバはちょうど眠りが浅くなる時間帯に、ティラナとクロイが隣室でぎゃあぎゃあとなにか騒いでいるような気がした。

知ったことか。寝続ける。

さらにやはり一時間半後、またティラナとクロイが騒ぐ声が聞こえた。

知ったことか。寝続ける。

また眠りが浅くなった明け方、いまだにティラナとクロイはリビングでバタバタとしているようだった。便所に行きたい気もしたが、まだ当分は我慢できそうだ。寝続ける。

マトバは夢を見ていた。

それがまた奇妙で、なぜか自分がサッカーの日本代表に選ばれた夢だった。中学生のころ仲が悪かった体育教師が出てきて、『おまえの才能がわかるのは俺《おれ》だけだ。的場《まとば》よ、世界をめざせ』だのなんだの言ってきて、しかもその教師がどういうわけだか日本代表の監督に就任していて、いきなり自分が指名されたのだ。

サッカーなんか学校の授業でしかやらなかったし、自分が好きなのはむしろ野球のほうだった。地元の米軍基地《ベース》の軍人のせがれどもと試合して、メッタメタに三振を取りまくってやったのはいまでも自慢なくらいだ。その俺《おれ》がなぜサッカー？　意味がわからん。

とはいえ日本代表に選ばれたんだ。すこしは練習しておかなければ。サッカーボールってけっこう高いんだよな。あと練習するグラウンドも要るし……。

っつーか俺、なんで刑事なんてやってるんだろう？　うーん、サッカー選手か。悪くない。転職できるならしたいな。でも強豪の対戦チームにティラナがいるんだ。しかもＧＫだ。それがひどく気にくわない。そもそもセマーニ世界にサッカーチームなんてあったか？

そこで目が覚めてきた。

まどろみの中、ベッドの中でもぞもぞと何かが動いている。膝から太もも、下腹部から胸へと。

ああ、またクロイか。

猫アレルギーが治って以来、あいつときたら気楽に俺のベッドに潜《もぐ》り込んできやがる。あいつはそれでかまわないんだろうが、こっちは寝返り打ったら潰《つぶ》しちまいそうだから、微妙に気疲れするんだ。さりとてベッドの外に放り出すのも気が引けるし……。

「……うーん。おい、クロイ……」

うなるようにマトバは言った。

「……もうすぐ春だろ。寒くもねえ。あんまりベタベタしないでくれよ。ほれ、外行け、外」

ベッドに潜り込んできた相手を押しのけようとする。だがその相手は黒い毛並みでもなく、抱えられるほどの大きさでも重さでもなく、そもそも猫ですらなかった。

ぼんやりとした視界に映ったのは、白い肌《はだ》と波打つようなブロンド。

猫ではなく人間だ。

というより、彼のベッドに潜り込んでいたのはティラナだった。

「おいおいおい……！」

がばっと起き上がり、マトバはベッドの隅へと待避した。

かたやティラナは気だるげな表情でそのまま横たわっている。しどけないキャミソール姿。まくれあがったり、食い込んだり——そういうあれこれも気にしていない様子だ。彼女はマトバに向かって、物憂《ものう》げな声でこう言った。

「なーお……」

「はあ？　寝ぼけてんのか？　おまえの寝室は下だぞ、下！」

「みゃーお……」

ティラナが悲しそうにのどを鳴らした。うるんだ瞳《ひとみ》。半開きの唇《くちびる》。妙に煽情的《せんじようてき》なたたずまいだ。ひごろティラナをそういう対象から除外しているマトバでも、なんともいえない警戒心を抱《いだ》かずにはいられない感じだった。

ティラナが四つん這《ば》いで近づいてきた。

「おい、ティラナ」

「なーお。け……けい」

「やめろって」

「けー、いー……？」

寄ってくる。キスしそうな勢いで。

「なあ、そういうのは洒落《しゃれ》にならんぞ。冗談にしちゃたちが悪いし……おい、やめろって」

「なーお……！　けーいー！」

満面の笑みでティラナが抱きついてくる。マトバを押し倒し、顔をうずめ、あちこちに舌を這《は》わせてくる。顔や首筋や胸などを、ぺろぺろと無邪気《むじゃき》に舐《な》めてくる。

「ちょっ……！　やめっ……!?　気でもふれたのか!?　ティラ……おいっ!?」

マトバは別に奥手な男ではない。ここで相手が普通の女だったなら、この色仕掛けに乗ってやることもあっただろう。だが相手はティラナだ。あのティラナ・エクセディリカだ。ティラナがこんな振る舞いに出るというのはありえない。彼女のこの言動《げんどう》には、むしろなにか不気味で名状《めいじょう》しがたいものを感じた。これは……そう、恐怖だ。

「ひっ……！」

「みゃあー！」

そのとき二人の間に、一匹の黒猫が割って入った。クロイである。

こちらも異様な激しさだった。ティラナを引っかき、マトバを引っかき、半狂乱になって二人を引き離そうとしている。

「なーお……!?」

腕を引っかかれたティラナは、たちまちおびえた様子でベッドから飛び退《の》いた。クロイは全身の毛を逆立て、ティラナを威嚇《いかく》するようにうなっている。ティラナはといえば、あられもない姿で寝室の片隅にうずくまり、悲しそうな声で『なーお……』とのどを鳴らしている。

「……な、なんだってんだ?」

枕《まくら》を抱えて困惑するマトバを、クロイがじっとにらみつけた。

「おい、く、クロイ……?」

「みゃっ!」

「うおっ」

なぜかクロイから非難されているように感じた。ティラナを守っている……というわけでもなさそうだ。何から何まで意味がわからないことだらけだった。

クロイがぴょこりと上体を起こした。二本足で立つような格好だ。そして自《みずか》らの胸を、右の前足で何度かたたく。

「……?」

「みゃっ」

続いてその前足で、部屋の隅っこにしょんぼりとしているティラナをさす。

ただの猫にしては妙に知性の感じられる仕草だったが、それだけではマトバには意味がわからなかった。眉《まゆ》をひそめていると、クロイは同じ仕草を何度も繰り返した。

「みゃっ！　みゃっ！」

「お前までどうしたってんだ、クロイ。さっぱりわからん。……っと？」

マトバはベッドから降りると、部屋の時計を見た。もう八時を過ぎている。いかん、寝過ぎた。急いで出勤しなければ……。

「あー、しまった。このままだと遅刻だ。おい、急げよ！」

とりあえず妙な様子のティラナとクロイを放置して、あわてて着替える。

最低限の洗顔と身だしなみ。朝飯もコーヒーも時間がない。

部屋中を行ったり来たりするマトバを追って、クロイがやたらとみゃあみゃあ騒ぎ立てたが、相手にしてなどいられなかった。ネクタイを選ぶ時間もなく、上着をつっかけて寝室に戻ると、ティラナはいまだに部屋の隅でキャミソール姿のまま、しょんぼりとうずくまっていた。

ずっとそこでボーッとしてたのか？　遅刻しそうだってのに。アホか、お前は!?

「おい、ティラナ、なにやってんだ!?」

怒鳴ると彼女はおびえたように、びくりと肩を震わせた。普段のティラナとは思えないような、いたいけでか弱い仕草だった。

「え……？　あー……どうしたんだ？　具合が悪いのか？」

「…………」

「黙ってちゃわからないだろ。なんなんだよ」

「……なー」

そんなやり取りをしている間も、クロイが足下で激しくギャアギャア鳴いていた。たぶん腹が減っているのだろう。無視しておく。

「参ったな。こりゃ……うーん」

時計を見る。もうダラダラしていられない。

「なあティラナ。さっきの振る舞いは、寝ぼけてたか熱病か、なんかそういう理由なんだと思って忘れておく。たぶん、お前は具合が悪いんだろう。宇宙人特有の変な病気だ。だから無理するな。きょうは休め。主任には俺《おれ》から言っておくから」

「なーお……」

「そんな哀れっぽい目で俺を見るな。とにかく寝てろ。いいな？」

足下のクロイが、ひときわはげしい声で騒いだ。キッチンに走ってキャットフードと水を補充。出してやったがまだ騒ぐ。ええい、もう知るか。

ホルスターをつけて、愛銃をねじこみ、リビングの押収品《おうしゅうひん》を木箱にドサドサと放り込む。寝る前に言いつけていた分別は不完全のようだった。だがこの際、仕方がない。木箱を車に運び込み、出発を——。

「あー、しまった」

きょうは木曜日だった。燃えないゴミの日だ。

大急ぎで各部屋のゴミ箱の中身をゴミ袋に詰め込み、ぎゅっと縛って表のゴミ置き場に放り投げる。中身なんか知ったことではない。急げ、急げ。

「みゃ――――っ！」

クロイが騒いでいた。うるさい猫だ。愛情が足りないのか。そっちのケアは今夜まで待ってくれ。とにかく早く出勤しなければ。

「クロイ、ティラナを頼むぞ。いい子にな！」

キーを回してエンジンを始動。彼を乗せたフォルクスワーゲンが走り出すと、自動のシャッターがするすると閉まっていった。

「みゃ――――っ！　みゃっ、みゃっ！　みゃあ――――っ!!」

シャッターの前で行きつ戻りつしながら、クロイが絶望に近いような鳴き声を送っていたが、マトバはかまわず中央街《セントラル》の市警本部へと車を急がせた。

最悪だ。ケイの車は行ってしまった。

閉じていくガレージのシャッターを前にして、ティラナは途方にくれていた。

いや、心はティラナなのだが、体はクロイだ。クロイの姿で、シャッターを前にして何もできないでいるティラナ、という状況なのだが――。

「みゃあ……」

ケイの馬鹿者《ばかもの》、と叫んでやりたかったのだが、あいにくのどから出てくるのは猫の鳴き声だけだ。

あの押収品《おうしゅうひん》――密輸業者が持ち込んだがらくたの中のあの弩《いしゆみ》。あれはまさしくセマーニ世界の魔法的物品だった。使用者と対象者の精神を入れ替える、『モーズ・ネル・バルバ』の術《ミルディ》がこめられていたのだ。

魂《たましい》の運び手。奇《く》しくもきのう、馬鹿話のついでにケイに話したあの秘術である。

だがそれは失われた術のはずだ。

ティラナ自身も聞いたことがある程度のもので、実践できる魔術師《ミルディータ》には出会ったこともない。とはいえ、こうした術を封じ込めた道具の存在はありえることだった。

あの弩を取引すれば、セマーニ世界の貴族でも数年は楽に過ごせるくらいの金品を得られるだろう。それくらいの値打ちがあるのは確かだった。

うかつだった。気づいていれば、こんなことにはならなかっただろうに。

心と体を入れ替える――。

そういうからくりなので、当然、本来の自分の体には、いまはクロイの心が収まっている。

ティラナの体に、クロイの心。モーズ・ネル・バルバの術が、まさか猫にまで効果があるとは思いもよらないことだった。今朝《けさ》のあの狼藉《ろうぜき》——無防備なケイにあれやこれや、淑女《しゅくじょ》として言語道断《ごんごどうだん》の振る舞いをしてしまったのも、ただの猫たるクロイにとってはそうおかしなことではなかったのだろう。

（とはいえ、あれは……！）

あんな半裸《はんら》同然の格好で、ケイにしなだれかかったり、頬《ほお》ずりしたり……その、あちこち舐《な》めたり……！

（ううっ……。うううううっ……！）

猫の姿のまま、ティラナは空っぽのガレージでのたうち回った。

もう死にたい。

自身の長剣《クレーゲ》で喉頸《のどくび》を切り裂いて、この世界に別れを告げたい。

だがあいにくクロイの爪《つめ》くらいでは、自分の命を断つことは無理そうだった。それにクロイがかわいそうだし。

とにかくもう、生きていたくないほどの恥辱《ちじょく》なのだ。

しかもああして客観的な視点から、自分（の体）の振る舞いを見てしまったのがいけない。うっとりと、いやらしく、男に媚《こ》びるような表情で。しかもケイに！　あのいやな男に！　あまつさえ、あんなふうに舌を這《は》わせて……！　あんな自分なんて、とうてい受け入れられない。いちばん見たくない自分の姿を、まざまざと見せつけられてしまった。

ガレージでうずくまり、よよと泣き崩れていたのは一〇分くらいだろうか。黒猫がうずくまり、泣き崩れている姿というのも奇妙だったが、とにかくそうしていた。

あいにくこのままでは死ぬに死にきれないので、どうにかティラナは冷静さを取り戻した。

落ち着け、わたし。そう、落ち着くのだ。

なんとか元の体に戻ることさえできれば、ケイに事情を話す機会もあるはずだ。あのときのわたしは、わたしではなかった。あくまでクロイのやったことで、わたしの意思は関係がない。

そういうことだ、わかったな!?　……と、長剣を突きつけ説明することもできる。

そう、死なずに名誉を回復せねばならぬ。元の体に戻るのだ。

そのためには、まずすべての元凶《げんきょう》たるあの弩《いしゆみ》を入念に調べねばならない。

（いや待て……）

あの弩。

昨夜、クロイと体が入れ替わったあと、ドタバタしていたときに、はずみでテーブルから落っこちたところまでは覚えている。先ほどケイは卓上の物品だけを回収して出ていったので、あの弩はいまでもリビングに忘れ去られているはずだと思っていたが――。

あのテーブルの脇《わき》には、くずかごがある。そしてそのくずかごは、ティラナの記憶ではちょうど弩の置いてあったあたりに控えていたような気がする。

（待て待て、待ってくれ……！）

必死の形相《ぎょうそう》で（猫だが）階段を駆《か》け上がり、リビングに向かう。テーブルの脇《わき》に鎮座《ちんざ》しているくずかごに体当たりして、横倒しにする。

くずかごは空っぽだった。

ケイがゴミ袋に中身をぶちまけて、そのままゴミ出ししてしまったのだ。

（ケーニシュバ……！）

ファルバーニ語で『最悪だ』という意味の言葉を脳裏《のうり》でつぶやき、ティラナは猫の姿で室内をうろうろとした。ない。ない。ない。どこにもあの弩《いしゆみ》は見あたらない。

受け入れがたいことだったが、あの弩はいま、ゴミ置き場にあるはずだった。

ケイがほかの押収品《おうしゆうひん》と一緒に職場に持っていったのなら、まだ救いがあるのだが——どうやら状況はもっとひどいことになりはじめている。

ティラナは家中をうろつき回り、外への出口を探し回った。窓も扉《とびら》も、小さな黒猫の力では開けることなどできない。ガレージのシャッター開閉スイッチは壁の真ん中にあって、まったく手足が届かない。

家から出ることさえできないのだ。

焦燥《しようそう》にかられる彼女をよそに、ティラナの体に入ったクロイはうたた寝をしている。できればそのまま寝ていて欲しいところだった。いまの彼女から見ると、人間のサイズはとんでもない巨体だ。あれで椅子《いす》やテーブルに飛び乗ったり、鳴いたり騒いだりされたら大変だ。昨夜もそれをなだめるので必死だった。

　これからどうすべきだろうか？

　こんな猫の体では、ろくなことができない。やはりだれかに協力を求めるほか、打つ手はないだろう。電話はどうか？　いや、無理だ。いまの自分にはクロイののどから『うにゃうにゃ、うにゃー』と声を出すことしかできない。だとすれば――。

（そう、メールだ……！）

　この小さな前脚でも、キーボードは打てるだろう。それで助けを求めれば……。

「んー。なあ……」

　そう思ったとき、ケイの寝室からクロイが出てきた。正確にはクロイの心が入ったティラナの体が出てきた。

　着崩れたキャミソール姿で、四つん這《ば》いになって、不機嫌そうに背筋《せすじ》を反らす。そのまま彼女はのろのろとリビングを横切り、床のお皿にためてあった水をぺちゃぺちゃと飲みはじめた。

（ああああああああ……！）

　なんと卑《いや》しい。なんと無惨《むざん》な。あれではまるでケダモノではないか！

　いや、実際ケダモノなのだが。頼むクロイ。わたしの体でそういうことをやらないでくれ。見ていて耐えられないのだ！　しかも、しかも、なんか、あの様子は――あの背筋の震わせ方は――。

（いかん……！）

ティラナの体のまま、クロイはバスルームにある専用トイレへとのんきに四つん這《ば》いで向かっていく。ティラナは血相を変えて（繰り返すが猫の体で）その後を追い、自分の体──そのお尻《しり》に飛びついた。

「うにゃ？　にゃ────！」

（やめろクロイ！　せめて……せめてショーツは脱いでくれ！）

「うにゃー！」

怒ったクロイが腕を振るう。ティラナはそのまま振り飛ばされて、バスルームの端にたたきつけられた。心地よい大事な時間を邪魔されたのだ。クロイが怒るのは無理からぬこととはいえ──。

「ん────。にゃあ………」

（やめろ……やめ……あぁっ……！　やめっ……ああああ……）

うっとりした様子でため息をつく自分の体。その後ろ姿を正視することもできずに、猫のティラナはその場にうずくまり、悲痛な声で鳴き続けた。

「マトバ！　ケイ・マトバ巡査部長！　来い！　ここに来い！」

マトバが市警本部のビルに出勤すると、特別風紀班主任のビル・ジマー警部が彼を自分のオフィスに呼びつけた。

マトバが入ると扉《とびら》を乱暴に閉めて――風紀班のオフィス中に聞こえるようなひどい音だった――自分の執務机をけっ飛ばし、きのうの墜落《ついらく》事件についてガミガミと言ってきた。

「きのうの件はなんだ!?　ただの手入れだったはずなのに、それが飛行機の墜落事件だと!?　アホなカーチェイスならまだしも――いや、カーチェイスだって言語道断《ごんごどうだん》だが、とうとう墜落事件ときた！　次はなんだ!?　市内で核爆発でも起こす気か!?」

「それなら説明したでしょう。警告を無視して離陸したんです。こちらの落ち度じゃありませんよ」

「うるさい！　同じ説明でエラいさんが納得すると思ってるのか!?」

わかりやすいおっさんである。もう慣れっこなので、なだめたり言い訳したりでどうにかやり過ごす。それでもジマーは繰り言をやめなかった。

「ゴランビザの郡警察からも電話でウダウダ言われたぞ。夜中の一二時にだ！　おまえらが郡警察の手続きを軽視しただの、押収品《おうしゅうひん》の扱いの主導権を渡さなかっただの――」

「向こうの署長が地元の記者の前でカッコ付けたがってただけですよ。新人が暴走したせいでややこしいことになったんだし、向こうの面子《めんつ》を立てて頭でも下げといてくれれば、もうそれ以上は文句言ってきませんって」

「信じられん！　その署長がまたネチネチとしつこい奴《やつ》で――同じことを何度も繰り返しお

る。一時間以上も電話でグチを聞かされたんだぞ⁉　あの晩は久しぶりにカミさんとまったりワインを楽しんでたのに——しまいにはカミさんも不機嫌顔だ！　数日前から牡蠣《かき》料理食ったり、亜鉛のサプリ飲んだりしてがんばるつもりだったのに！　わしの家庭生活をどうしてくれるつもりだ⁉　え⁉　独身の貴様《きさま》にはわからん苦労があるんだぞ⁉」

ジマーが顔を赤くしてデスクを叩《たた》く。

「あー……」

それはそれで申し訳ない気分だったが、マトバは妙な違和感をおぼえて質問した。

「主任。郡警察だけですか？」

「なに？」

「抗議の類《たぐ》いです。ＣＢＰ（税関国境警備局）のほうからは……なにも？」

するとジマーは眉《まゆ》をひそめた。

「なんだ、それは？　おまえ、ＣＢＰにもなにかやらかしたのか……？」

「いえ、別に。いちおう、確認をとってみただけで」

「けさ、ＣＢＰのヘルマンデスとは話をしたが。押収品《おうしゅうひん》の扱いについて確認をとっただけだぞ。特になにかは言われておらん」

「ふむ……」

きのうのヘルマンデス捜査官のあの剣幕からすると、いささか奇妙なことではあった。正式な抗議とはいかないまでも、なんらかの嫌味や遠回しな非難くらいは言ってきそうなものだ。とはいえ現場でカッと血が上って、その後冷静になるというのはよくあることだ。ここできのうの彼とのやり取りを報告しておくべきかどうか、マトバは迷った。

「なんだ？　おい。CBPともなにかモメたんだな？　正直に言え、マトバ。もしそうなら――」

「あー、いえ！　本当になにもないですよ！　他局との折衝《せっしょう》は、きわめて円滑《えんかつ》に進行しております。それでは……！」

マトバは回れ右してジマーのオフィスを出て行った。

同僚たちとの挨拶《あいさつ》もそこそこに、きのうの押収品をオフィスに運び込む。それほどの量ではなかったが、二回ほど駐車場から往復するはめになった。

「いいわね。この食器」

同僚の一人ジェミー・オースティン刑事が言った。ガラクタ市に来た観光客みたいに、遠慮がちな手つきで押収品を吟味《ぎんみ》している。

「特にこの杯《さかずき》。これで酒《サーキイ》とか飲んだらうっとりしそう。こっちのボトルもきれいだわ」

「そうか？　ジェミーは日本酒とか飲まないと思ってたよ」

手持ちのＰＣで報告書を書きながら、マトバはぼやいた。

「そうでもないわよ。これでもあたし……まあ、グルメなの。っていうか、このセマーニ産のおみやげ、みんな押収品《おうしゆうひん》なわけ?」

「ああ。たまに例の魔術《マジック》とかが入っているから厄介《やっかい》なんだが――ティラナの奴《やつ》が調子悪くなっちまったみたいでな。あんまり詳しい分別ができないんだ」

「ティラナが? そういえば彼女、きょう休んでるみたいね。どうかしたの?」

「いや、よく知らん。具合が悪いみたいで……まあ、いろいろあるんだろ」

肩をすくめてみせると、ジェミーは彼の首筋に頰《ほお》を寄せた。

「ちゃんと面倒みてあげてね? どうせ冷たくしてるんでしょ」

「はあ? なんで俺《おれ》が……ったく」

書き終えたメールをまとめて送信する。郡警察からの報告書への返信。それからCBPのヘルマンデスへの状況説明。ほかにもあれやこれや。

同時に郡警察からも新しいメールが来ていた。

きのう、墜落機《ついらくき》から逃走した密輸犯は、いまでも発見されていない。捜査網にも引っかかっていないし、付近の聞き込みからも成果はあがっていない。

「あー。マジかよ……」

マトバはうなった。

あんな湿地帯のド田舎《いなか》だ。赤外線センサを装備したヘリで、螺旋状《らせんじょう》に飛び回っていればすぐに見つかると思っていたのだが。だとしたら、まだ顔も見ていない犯人はどうやってか逃げおおせたか、それともくたばって沼の一部になっているかだろう。

「落ち込んでるみたいね」

と、ジェミーが言った。

「ん……まあな。このまま密輸犯が見つからなかったら、そもそも起訴する相手がない。なんのために泥の中を這《は》いずり回ったのやら……」

「それならトニーからさっき聞いたわ。あなたがしっかりしてるのは、わたしも知ってるわよ?」

「ん、まあ……」

そんなこと言われなくても、しっかりはしてるつもりなのだが。

「こんなこと言うの、変?」

「ふむ。いや、別にそういうわけじゃ……」

「がんばってね」

優しい声で言うと、ジェミーは離れていった。

（ふーむ……）

妙な気分だ。優しくしてくれるのは大歓迎なんだが、どうも、なんというのか、ジェミーの態度は、軽々しく扱えない感じがする。好きか嫌いかと言われれば、正直ジェミーは好きな子だ。彼女の相棒のキャミーは自分に辛辣《しんらつ》だが、ジェミーはいつも俺に優しい。

ティラナやキャミーに冷たくしても、別に悩むことはなにもない感じなのだが、ジェミーにそうしたら恐ろしい落とし穴が待っていそうな気がするのだ。うーむ。女の恐ろしさという面では、なぜかジェミーがいちばんキツそうな気がする。

出勤表を見る。

（トニーはまだ出勤してないな……）

あいつとランチを食いたい気分だった。別に愚痴《ぐち》をこぼすつもりはないが、トニーと世間話をしていると、なぜか安心するのだ。とはいえ、いないものは仕方がない。ゴランビザの郡警察に電話をする。メールのやり取りなんぞでは埒《らち》があかないからだ。

担当の巡査部長が出て、捜索の進捗《しんちょく》状況を説明した。だれも見つかっていないし、死体も見つかっていない。依然として密輸犯の痕跡《こんせき》は発見されていないとのことだった。

「非公式でいいから、正直な意見は聞けないか？　逃亡中の密輸犯――おそらく二人だろうが、そいつらが発見される公算はあるだろうかね」

『……そうだな。私はこの湿地帯でもう一〇年近く勤務しているんだが』

と、その警部補は電話の向こうで言った。

『あの沼地を徒歩で脱出することはまず不可能だ。もっとも、だれかの助けを借りれば別だがね。いちばんありそうなのは、あのままくたばって、どこか泥の中に沈んでるってところだな』

そうでなければいいのだが。

マトバは礼を言ってから電話を切り、ついでにティラナの番号にかけてみた。今朝《けさ》はあわてて出勤してきたから、あのあとどうしているか気がかりだった。

ティラナは出なかった。留守番モードになるだけだ。寝ているのかもしれない。

「やれやれ……」

そろそろ、がらくたを押収品《おうしゅうひん》倉庫に運ばなければならない。いくつかの書類を作成してから、マトバは暇な同僚に手伝いを頼んだ。


ケイからの電話に出る余裕など、もちろんティラナにはなかった。そもそも電話に出たところで、こちらが話せるのは『にゃあお』だけなのだ。

自分の体を預けているクロイの世話に七転八倒《しちてんばっとう》して、バスルームはもちろんリビングやキッチンも散らかり放題だった。まるでオビザの人食い鬼が宴会か何かでもやった後みたいな有様《ありさま》だ。

まず、汚れた自分（クロイ）の衣類を脱がすだけでも大格闘だった。自分のお尻《しり》にしがみつき、ショーツを引っ張ったりはね飛ばされたり。一度ははずみで洗濯機の中に落ちて、死にそうになった。なんとか下着をむしり取り、ウェットティッシュで――いや、詳細はもういい。思い出したくもない。

いろいろと始末がついたら、今度はクロイが腹を空《す》かせて怒り始めた。

キャットフードを求めて、クロイがキッチンをうろつき回る。キャミソールだけの下半身裸《はだか》で、四つん這《ば》いになってあちこちへ。彼女にとっては悪夢のような姿だった。

しかも行動は猫だが、なにしろ人間の体なので力がある。普段は手も足も出ない冷蔵庫のドアを開けて、中のものをひっくり返し、やりたい放題だ。ところがバターやマヨネーズの瓶《びん》の蓋《ふた》を開けることはできない。それがまた苛《いら》つくらしく、癇癪《かんしゃく》を起こして瓶を蹴《け》ったり放り投げたり——。

『うにゃああ——————！（やめろ——————！）』

と怒鳴ったところで、やめてくれるわけもない。

ヨーグルトの蓋は紙製だったので、それを破って中身をぺろぺろと堪能《たんのう》し、さらにラップでくるまれていたベーコンの残りをがつがつとかじる。ティラナにできるのは、せめて冷蔵庫のドアを開けっ放しにしないことくらいだった。

（もう……限界だ）

肉体的にも精神的にも疲労困憊《こんぱい》して、ティラナはリビングでうずくまった。床に落ちた手鏡が、ちょうどソファに立てかけられたような状態でこちらを向いている。猫というのはそう多くの表情を持たぬ動物だと思っていたが、それは間違いだった。これほど失意のどん底にたたき落とされ、耐えがたい恥辱《ちじょく》にさいなまれた猫の姿を、ティラナはついぞ見たことがなかった。

（やはり助けを呼ばなければ）

それに時間もない。あの魔法の弩《いしゆみ》はまだ、すぐそばのゴミ集積所にあるはずだった。記憶が正しければ、収集車がやってくるのは午後だ。

冷蔵庫の中身で口に入れられるものを堪能したあと、クロイはソファーで丸まり、のんきにあくびをしている。お尻《しり》丸出しなのはどうにもならない。だがしばらくはおとなしくしてくれそうだ。

（メール……そう、メールのことを忘れていた）

だがこの地球にやって来て以来、ティラナはメールをまともに使えたことが一度もない。しょせんはドリーニの軽薄な道具と侮《あなど》り、真剣に学ぼうとしてこなかったことが、いまではひどく悔やまれる。しかし現状ではこれだけが唯一《ゆいいつ》の連絡手段だった。

ティラナは散らかった室内をうろつき回り、ダイニングテーブルの下に落ちていた自分のスマートフォンを見つけた。裏返しだった。ひっくり返すだけでも苦労する。

「みゃあ……（よし……）」

ホームボタンを前脚で押す。指紋の認証画面になった。所定の位置に肉球を乗せる。

（ダメだ……!!）

スマートフォンは認識すらしてくれない。当たり前だ。肉球なのだから。さすがにティラナもそれくらいの仕組みはわかる。

そうなると暗証番号を入力するしかないのだが、その番号の記憶に自信がなかった。指紋認証に慣れてしまって、まともに番号入力をしたことがないのだ。ケイから何度も『ちゃんと操作に慣れろ』と言われていたのに、真面目《まじめ》に聞こうとしなかった。なんという愚《おろ》か者だったのだろうか、わたしは。

（ええと……0227か、0228か、たぶんその辺りだったと思うのだが……）

このスマートフォンを登録した日付だ。ところがその日付が思い出せない。そもそも地球の暦というのに慣れていないのだ。一月が三〇日もあって、しかも三一日の月やら何やらもあるというのだから、ややこしいことこの上ない。

うろ覚えで何度か試してみる。

0228、違う。0229、これも違う。

慣れない肉球なので細かい打ち間違いもあった。けっきょく五回間違えたところで、赤い警告文が表示された。いや、クロイの目だと、実は赤い色は見えていない。なぜか灰色なのだが、周りの色と見比べて、『これは赤だ』と類推している。今朝《けさ》からのドタバタで、もう慣れていた。

ともかく、警告文だ。

《警告：パスコードの入力に一〇回失敗すると、スマートフォン内のすべてのデータが消去されます（現在五回失敗しています／あと五回）》

（なんだと……!?）

さすがにティラナでもその意味するところは理解できた。つまりはあと五回入力に失敗すると、このスマートフォンは使い物にならなくなるということだ。つまり、外部への連絡手段がほぼ失われる――。

「み……にゃっ……うっ……にゃっ……」

緊張で前脚が震える。

0230。違う。0233。打ち間違えた。0022。また間違えた。落ち着け、落ち着け！

失敗するたびに警告文が表示され、有効な残り回数が減っていく。

「にゃっ……にゃっ……みっ……」

肉球が湿ってくるのを感じた。猫でも汗をかくのに驚いたが、いまはそんなことに感心している場合ではない。

すでに合計九回失敗した。

もう後がない。息が荒い。くらくらしてくる。視界がせばまり、めまいがしてきた。

0231まで試したのだから、残る数字は0232だろう――。

いや、いや、いや！　冷静になれ！　何かがおかしい！

二月三二日なんて、地球の暦でも存在しないはずだ。そうではなく、反対だ。二月は短いのだ。そう、確か……二八日までなのだ！　ちょうどあのころ、新生活に振り回されていたから記憶が曖昧《あいまい》だった。中央街《セントラル》の専門店でこのスマホを登録したのは――。

（二月末ではない、三月一日だ……!!）

決断する。うにゃにゃっ、と入力する。

０３０１。

一瞬、スマートフォンが沈黙する。ダメか……と覚悟した直後、認証画面から通常の画面に移行した。

正解だ。

「フ――――……」

ティラナは安堵《あんど》のため息をもらした。猫でもため息はつけた。新発見だ。

（いや、それはさておき……!!）

最初で最大の難関を突破したとはいえ、まだまだ問題は山積みだ。

次はあのメールというわけのわからぬものを書いて、アドレスなるものを探さねばならぬ。

そして相手だ。さすがに自分のあんな姿を、ケイの目にさらすのは耐えられないし――。

3

セシル・エップスがそのメールの着信に気づいたのは、脳みそが半分なくなった頭蓋骨《ずがいこつ》のサイズを、ていねいに計測し終わったときだった。

ほぼ間違いなく自殺と思われるその男は、五〇歳前後で血中からアルコールが検出されており、親指の内側には射撃時の反動でついたわずかな擦《す》り傷があった。鑑識の報告では、使われた弾丸《だんがん》は三〇八口径、一六八グレインのボートテール型ホローポイント弾で、口腔内《こうくうない》の顎部《がくぶ》上から射入し、後頭部上部から射出している。

所見に『高速弾の外傷による死亡と推定される』と書くことになるだろうが、このフレーズはいかにも馬鹿《ばか》馬鹿しい。そんなことは一目見れば明らかだ。

どんな半世紀の人生だったのか。引き金を引いて自《みずか》らの命を断つ瞬間、彼は何を思ったのか。そうしたあれこれに思いを馳《は》せることは、とうの昔にやめてしまった。気分が落ち込むだけだ。

ちょうど一休みしようと思っていたので、彼女はニトリルゴムの使い捨て手袋を外すと、助手のバンクロフトに後を任せ、解剖室《かいぼうしつ》から外に出た。尻《しり》ポケットに無造作《むぞうさ》にねじ込んでいたスマートフォンを取り出して、メールをチェックする。

「あら」

差出人はティラナ・エクセディリカだった。珍しいことだ。

このセマーニ人の友人は、つい最近にこの地球──サンテレサ市に来たばかりでメールの使い方がいまいちわかっていない。こちらからメールを送っても返信が来たことはなく、代わりにすぐさま電話をかけてきて返事をするのが常なのだ。

メールの内容はこうだった。

《しんあいなる　せしるへ

ぶしつけなてがみをゆるしてもらいたい
たいへんこまつたことになつた
いますぐわたしのうちにきてくれぬだろうか　だいしきゅうだ
わたしとくろいのこころがいれかわつてしまつた
だからうちにきてわたしにはなしかけても
それはくろいなのでそのつもりでいてほしい
わたしはかつてないくきようにある
どりーにのなかでもひときわそうめいなあなたとのよしみにすがるよりない
とにかくきてほしい　いますぐ

あなたのゆうじん　ていらな・えくせでいりかより》

おそらく小文字と大文字の切り替えができないのだろう。子供が書いたようなのんきな字面と、なにやら差し迫った言葉。意味不明な文もあって、それらがなんともいえない異様さを醸し出していた。

（なにがあったのかしら……？）

ティラナの精神に何らかの異常が起きたのではないかと、彼女は本気で心配になった。

返信を書くのが先か、ケイ・マトバに連絡してみるのが先か迷っていると、ティラナから引き続いてメールが来た。

《しんあいなる　せしるへ

いいわすれていたが けい にはひみつだ

あなたのゆうじん　ていらな・えくせでいりかより》

そこまで言うなら、ケイへの相談は後にしよう。とりあえず『わかった。すぐに行く』とだけ返信して、彼女は白衣を脱いで、事務室の職員に『しばらく出かける』と告げた。検死作業は終わっていないが、きょうはまだヒマなくらいだ。すこし席を外すくらいなら問題ないだろう。

上着をひっかけて検視局ビルを出て、駐車場に向かいながら電話をかけてみる。すぐに応答があった。

「ティラナ？　メール見たわ。どういうこと？」

『にゃあ』

「？　クロイ？」

『にゃあにゃあ、にゃあ。みゃー、にゃーにゃにゃ。にゃあ！』

「ああー、かわいこちゃん。弱ったわね。あたしはティラナと話したいの。って、あなたに分かるわけないわよね……」

『にゃあー！　にゃあにゃあ、にゃあ！』

「とにかくそっちに行くから。あなたもいい子にしてなさいよ？」

電話を切る。買って三年のチェロキーに乗ると、セシルはティラナたちの自宅があるニューコンプトンに車を向かわせた。

サンテレサ市の押収品倉庫《おうしゅうひんそうこ》は中央街《セントラル》のすぐ北東、ファーガルドの港湾区にある。市警本部から車で一五分もかからない位置で、税関当局のビルに隣接しており、周囲には巨大な倉庫ビルが林立している。

押収品倉庫は市政府の管轄下《かんかつか》にあったが、その他の機関である法務省や市警察、沿岸警備隊も利用している。実のところ、押収品の九割近くは市警察の扱っているもので――だというのに、その維持費用を市政府が負担していることについて、何年も前から議論が紛糾《ふんきゅう》しているそうだった。

まあ、ただの刑事であるマトバにとってはどうでもいいことだ。ここが財務省や税関局のものだろうと、レンタル倉庫の一種みたいなものでしかない。とはいえ貴重品や金目の品が数多く納められる施設なので、警戒はそれなりに厳重だ。敷地を囲むフェンスには有刺《ゆうし》鉄線。監視カメラと各種センサが、警察の上前《うわまえ》をはねようとするチンピラどもを寄せ付けないように目を光らせている。

マトバはきのうの押収品を納入し、倉庫の職員から求められるままサインをした。きょうの日付を思い出し、いくつかの必要事項を記入しつつ、それとなくその職員にたずねてみる。

「なあ。あくまでただの興味なんだが――最近、例のマセラッティみたいな大物が入ってきたことはないのかね?」

「マセラッティ?　ああ……あれね」

事務職員がにやにやとした。ときたま押収《おうしゅう》される品物の中には、羽振りのいい麻薬業者からぶんどった高級車もある。先日マトバは『おとり捜査の必要上から』という名目で、一〇万ドルはするマセラッティのクーペを『貸与《たいよ》』の形で勝ち取っていた。

あいにく、そのマセラッティは任務就任からわずか一日ではかなく失われてしまったのだが(ティラナのせいだ)、いまでもマトバはことあるごとに、また新たな『押収品』が来ないかと淡い期待を抱き続けているのだった。

「たしかにあれはいい女だったなあ。でも残念。あんなクルマはそう滅多《めった》に来ないよ」

「だよなあ……」

死んだ恋人を思い出すような声で、マトバはつぶやいた。

いま乗っているフォルクスワーゲンも、まあいい味のクルマではあるのだが。なにしろ半世紀以上も前のモデルだ。パワー不足はもちろん、燃費も不具合も泣きたくなるようなレベルだ。

マトバはその職員に『いいのが入ったら真っ先に知らせてくれ』と頼んで、押収品倉庫を後にした。

車を中央街《セントラル》に向けて走らせる。

このファーガルド地区は空港と港湾にもほど近く、路上でもっともよく見かけるのは大型のコンテナとトレーラー車だ。とはいえ、昼前のこの時間帯はちょうどそれら運送業者がサンテレサ市とカリアエナ島全域に散っていった後なので、えらく閑散《かんさん》としている。

朝飯抜きだったので、腹が減った。

道中にうらびれたたたずまいのハンバーガー屋があったので、立ち寄って早めの昼食をとることにした。チーズバーガーとフライドチキン、Lサイズのコーヒーを注文したが、一〇分も待たされた。

やっと出てきたチーズバーガーにかじりつこうとしたところで、マトバの電話が鳴った。相手はCBPのヘルマンデス捜査官だった。舌打ちして電話に出る。

『いま押収品倉庫なんだが』

挨拶《あいさつ》もなしにヘルマンデスは切り出した。

『きのうの押収品をチェックしている。昨夜に立ち会ったときは大小四八点のセマーニ産工芸品があったが、いま確認できるのは四七点だ。これはどういうことかな？』

「あー、そうか？　それは妙だな……」

曖昧《あいまい》に答えながらも、マトバは眉間《みけん》にしわを寄せた。

腕時計を見る。一一時一五分。マトバが押収品倉庫に納入してから、まだ二〇分しかたっていない。確かに昨夜、『あす一一時までに納入しておく』という取り決めをしていたのだが、それにしたって早すぎる。

仕事熱心な奴《やつ》だな、と思ってしまえばそれまでなのだが、けさジマーとの会話で感じた違和感が、また鎌首《かまくび》をもたげてきた。

こちらの落ち度なのは確かだ。謝るのが筋ではあったが、マトバはあえてとぼけることにした。

「そういうこともあるんじゃないのか？　なにしろきのうは混乱してたし」

『そんな理由でうなずけるわけがないだろう。あの工芸品の価値はまだわからないが、セマーニ世界では重要な物品かもしれないのだぞ。ファルバーニ王国の領事館に問い合わせるのが遅れると、それだけ問題が大きくなるリスクもある』

「そんなに貴重なものには見えなかったがね。俺《おれ》の相棒は向こうの貴族出身だが、あのがらくたをありがたがってる様子はなかったぜ」

『あの小娘か。飛行機を墜落《ついらく》させた張本人の言うことなど、信用できない』

「ふーん。そうかい。まあ無理もないな」

『このままでは手続きが進められない。すぐに残り一点を納入してくれ。さもないと横領《おうりょう》の罪に問われることになるぞ』

「おいおい。ちょっと手違いがあっただけだろう？　さっきからなにをそんなに鼻息荒くしてるんだ？」

『それは――』

電話の向こうでヘルマンデスが言いよどんだ。

『当然だろう。きのうからあんたの態度にはイライラしているんだ』

「そうかい。そいつはすまなかったな」

『とにかく残りを早く納入してくれ。いいな？』

そう言ってヘルマンデスは一方的に電話を切った。

「なんなんだ、いったい……」

切れた電話を眺めてマトバはうなり声をあげた。

ずさんな管理を責められるのは仕方ない。きっちり見つけ出して戻さなければならないだろう。たぶん自分の家か、車の中のどこかか、そうでなければ市警本部のオフィス周りか。いずれにしても、探せば見つかるはずだ。よしんば見つからなかったとしても、それで誰かが死んだり傷ついたりするわけではない。この件について、マトバはそれほど焦《あせ》っていなかった。

とはいえヘルマンデスの態度はどうも妙だった。

この件が州や自治区を越えた重大事件――それこそＦＢＩあたりの偉いさんが指揮権を統括して、何十人もの捜査官を投入して取り組むようなものだったのなら、マトバももっと厳密に押収品《おうしゅうひん》を管理しただろう。不手際があれば捜査全体をぶち壊しにしかねない。

でもこれは、そういうヤマじゃない。

カリアエナ島の田舎《いなか》で起きた、小さな密輸事件だ。ゴランビザの地方欄には載るかもしれないが、『サンテレサ・ポスト』の一面には載らないだろう。

たまに見る警察ドラマや小説では、科学捜査やら捜査手続きやらの『リアリティ』が重視されていて、教科書的で厳密な描写がやたらと目に付く。現場の自分たちからすると『そこまで真面目《まじめ》にやってねえよ』と苦笑してしまうくらいなのだが、あのヘルマンデスはまるでそんなドラマに出てくる完全無欠のスーパー捜査官みたいな調子だ。

だが実際は違う。パトロール警官時代のマトバが出会ったホームレスの死体の話などはありふれた話で、大概《たいがい》の同僚は似たような経験を何度もしている。

現場というのはそういう世界で、書類上に残らない杜撰《ずさん》や無責任や不道徳がひしめいている。河原《かわら》の大きな石をひっくり返したら、うようよとグロテスクな虫どもがうごめいているようなものだ。自分のブログやフェイスブックに書いたら大問題になるだろうから、だれも言わない。でもやっているのだ。

もちろんそうしたルーズさのせいで不手際が発生し、それが大事件のときにも起きたりするものだから――まあ、歴史に残る重大事件でもいろいろと灰色の部分が残り、曖昧《あいまい》なまま語り継がれ、そこに陰謀論者が飛びつくわけだ。

なにかの組織的な陰謀だとささやかれる案件が、実のところはその組織が捜査中にやらかした大チョンボを、組織的に隠蔽《いんぺい》しただけだったなんてオチは――これはもう、うんざりするほどある。

もちろんそういうゴタゴタの中には、本物の陰謀もひそかに隠れているのだろう。だからこそややこしいわけなのだが。

それはともかく、そうした気分もあってヘルマンデスの熱心さにマトバは言いしれないものを感じていた。

チーズバーガーその他を胃袋に納め、駐車場で自分の車へと歩いていたら、今度はゴランビザ郡警察の巡査部長から電話があった。

『足取りがつかめたぞ』

「なにが？」

『逃走中の密輸犯だ。二人。イム・メールベ郊外のモーテルで一泊していた。うちの若いのが聞き込みで当てたんだ』

「イム・メールベ？　ああと……」

『ああ、知らんだろうな。郡のはずれの小さな町だよ』

そりゃあわからない。

サンテレサ市内は覚えやすい英語の地名が多いのだが、郊外に出ると急にカリアエナ島本来の地名――ファルバーニ語やもっと古い言語の地名がどっさり増える。アメリカ本土で西に向かうと、ネイティブ・アメリカンの地名だらけになってくるようなものだ。ニューヨークとかバージニアとかいったノリの地名が、チリカウアだのカチュナーだのナットリオソだの、耳慣れない不思議な響きになっていく（いや、本当の由来はよく知らんが、そんな感じの語感だし）。

カリアエナ島はそのミニチュア版だ。きのう出張したゴランビザ郡という地名も、ファルバーニ語で『広い沼』という意味だった。『ゴラン』が『広い』で、『ビザ』が沼。

ちなみにティラナがよく言う『オビザの人食い鬼』の『オビザ』も、正確には『オ・ビザ』と分けて表記する地名で、『オ』は英語の『The』に近い意味を持つ。つまり『ザ・沼』というわけで——おそらくはセマーニ世界で最も高名で、いかにも沼らしい沼ということなのだろう。

もっとも問題のイム・メールべという町の名の由来は、マトバにはさっぱり想像がつかなかったが。

『イム・メールべは郡警察《うち》の包囲網のずっと外だったから、捜査線上から外れてたんだ。二人はまだ捕まっていない。二三号線を北上しているはずだが……これから追跡して間に合うかどうか。人相風体《ふうてい》も曖昧《あいまい》だし、乗っている車も分からない。いちおう、知らせておこうと思ってな』

「それはありがたいが、待ってくれ。そいつらって徒歩だったはずだろう？」

『そうなんだ。徒歩じゃイム・メールべまで三日かかる。どこかで車を盗んだのかもしれないが、いまのところ盗難届けはない』

「このことはほかに伝えたか？」

『ＣＢＰだけだ』

「ヘルマンデスに？」

『そうだ』

「ふむ……」

なんともわかりやすい構図になってきた。礼を言って電話を切り、マトバは車をセントラルではなく、その西にあるセブン・マイルズに向けた。

道路が空《す》いていたので、セシルはニューコンプトンのマトバの家（同時にティラナの家）に二〇分足らずで着いた。

マトバの家は、もともと倉庫だったものを改築して住めるようにした作りで、一階は車庫、二階が主な住空間になっている。ティラナの部屋は一階の空《あ》きスペースを利用してでっちあげたもので、セシルも前にその作業を手伝った。そうした経緯がなくても、彼女はこの家のことをよく知っている。ティラナ以上に、よく知っている。

車庫のシャッターは閉まっていた。シャッターの脇《わき》には作り付けの郵便箱とチャイムがあるので、セシルは車を降りてチャイムを鳴らした。

応答なし。

もう一度押す。やはり応答なし。

（まったく……）

ため息をついて脇の路地に入る。外壁に沿ってビール瓶《びん》のケースが並んでいた。その一つをどかして、下のケースに入っている空瓶《からびん》の一つをとる。瓶の底に両面テープで鍵《かぎ》が貼《は》りつけてあった。

まだここに隠していたのか。別れるときに、ちゃんと鍵は返したのに。あの人ときたらルーズにもほどがある。

セシルはその鍵を使ってシャッターを作動させた。腰の上あたりまでシャッターが上がってきたところで、身を屈《かが》めて中に入る。

「ティラナ、いる!?　勝手に入るわよ!?」

電動シャッターの音がやかましいので、声を張り上げなければならなかった。

車庫スペースは空っぽだった。どうやらケイは外出中のようだ。前はここに、あの愛らしいクーパーSが鎮座《ちんざ》していたことを思い出し、彼女はすこし悲しい気分になった。

「ティラナ？　いるの？」

まず一階のティラナの部屋をのぞきこむ。無人だった。いつの間にやらファルバーニ産の絨毯《じゆうたん》や寝具を入手したらしく、彼女の部屋は前より立派になっていた。

「ティラナ？　もう……」

階段を上がって二階へ。

すぐにクロイが出迎えた。普段はマイペースな猫なのだが、なぜかいまは興奮した様子で、セシルの足にまとわりついてくる。

「おー、よちよち。寂しかったのかしら？　かわいそうな子ね」

クロイを抱き上げ、扉《とびら》を開けて狭い廊下を抜ける。

リビングはひどい有様《ありさま》だった。

散乱した食器や小物。横倒しになった椅子《いす》。書籍類もめちゃめちゃに散らかされて、その上にはケチャップがまき散らされている。キッチンの床には冷蔵庫の中身がぶちまけられ、ガーリックオイルとヨーグルトとオレンジジュースの匂《にお》いがないまぜになって立ちこめていた。

「ちょっと……なんなのこれ!?　あなたがやったのね？」

「にゃーお！」

腕の中のクロイが首をはげしく横に振った。およそ猫らしからぬ奇妙な仕草だ。

不審に思ったセシルの前で、小さな黒猫は『にゃっ』と自分を前脚で指し、それから『X』の字にクロスさせるジェスチャーを繰り返した。

「もしかして……自分はやってない、って言いたいの？」

「うにゃっ！」

クロイが前脚を大きく上げてアーチを作った。『O』の字を示しているようにしか見えない仕草だった。

「え……なに？　ちょっと。クロイでしょ？　なんなの？」

セシルは名状《めいじょう》しがたい気味の悪さを感じて、思わずクロイをコンロの脇《わき》に放り出した。

「にゃ……うにゃっ⁉」

あまり優しい扱いではなかったが、標準的な猫の運動能力なら、空中で姿勢を正して難なく着地できる程度のものだった。だがクロイはおよそ猫らしからぬ無様《ぶざま》さでバランスを崩し、背中から落ちてくぐもった悲鳴をあげた。

「ああ……ごめんなさい。なんだか驚いちゃって。怖かったでしょう？　あなたをいじめるつもりじゃなかったのよ？」

あわてて手を伸ばそうとすると、クロイは無造作《むぞうさ》に前腕を差し出し左右に振った。まるで人間が『わかってる。気にするな』とでも言っているかのような仕草だった。

変なたとえだが、きょうのクロイはまるで別人のようだ。動作の端々が人間くさくて、なにやらせっぱ詰まったようでもあり――なによりその瞳《ひとみ》の動きは猫のそれとは根本的に違って見える。

カートゥーンに出てくる猫みたいな、芝居《しばい》がかったオーバーなアクション。

そう、カートゥーンだ。

ただの猫なのに、哲学的なため息をついたり、途方にくれたように首を振ったり。最新のCG技術だって、猫をここまで見事に擬人化《ぎじんか》することはできないだろう。

（いったい、どういうこと……？）

困惑はしていたものの、セシルもいちおう科学者の端くれだった。最初に送られてきたメールの文面。心が入れ替わっただのなんだのとあった。そしていま、こうして彼女の前で異様なパントマイムを繰り返す猫。そしてティラナとこのサンテレサ市に連なる、セマーニ世界からの魔法的現象の数々。

直感や願望は切り捨てて考えなければならない。

自分の精神がおかしくなったわけではないとして、次に妥当《だとう》な推測があるとすれば——。

「ひょっとして、あなたがティラナだとか？」

「にゃあっ！」

たぶん『そうだ』と言っている。テーブルを前脚で叩《たた》いてから、黒猫がセシルに寄りそってきた。

「うーん。この態度。ふつうの猫じゃないわよね、やっぱり……」

困惑するセシルをそっちのけに、クロイはダイニングのほうへと駆《か》け出していった。テーブルの下にスマホがある。記憶が正しければティラナの持ち物だ。

「にゃあ……」

クロイは一度彼女を見上げて、『いいか、みていろ』とばかりに鼻を鳴らすと、ホームボタンを押して起動、暗証番号をぎこちなく打ち込んだ。

認証完了。

「えっ」

メモ帳のアイコンをぽんと押して、前脚でキー入力を始める。遅くてたどたどしい仕草だったが、それでもその文面はきちんと意味のあるものだった。
《よくきてくれた　せしる》
改行。
《わたしがていらなだ　おうしゆうひんのみるでいで　こんなことになつてしまつた》

オーケイ、魔法ね。信じましょう。

セシルもこんな街に住んでいるし、セマーニ人の不思議な噂話《うわさばなし》は山ほど聞いている。それどころか、科学的にはどう見ても大昔に死亡したと思われる死体が、動き出して人を襲《おそ》い、生き血をすすり、自分もその餌食《えじき》になりかけたことさえある。法医学者としていろいろ思うところもあるが、実際に吸血鬼がいて襲われたのだから仕方がない。

ここで常識人のふりをして『ああ、でも信じられないわ！　魔法だなんて！』だのと騒いでも事態は進展しないのは確かだ。

クロイの体に閉じこめられたティラナは、スマホのメモ帳を使って、のろのろとセシルに事情を説明した。まどろっこしいことこの上なかったが、ほかにコミュニケーションの手段がないのだ。

先刻のメールでも触れていたとおり、その『魔法』はティラナとクロイの精神を入れ替えてしまった。そうなると、ティラナの体にはクロイの心が入っているわけなのだが――。

「そういえばティラナは――でなくて、あなたの体はどうしてるの？」

《おくで ねている》

ティラナ（猫）がメモ帳に打ち込んだ。どうやらケイの寝室にいるようだ。セシルが様子を見にいこうとすると、ティラナ（猫）が『うにゃ！』と制止した。

《まて》

「どうして？　心配だわ」

《ひどいかつこうなのだ　はだかどうぜんだし　はずかしい》

そう書き込むと、ティラナ（猫）はうなだれた。

「そんなこと気にしてる場合じゃないでしょう？　心と体が入れ替わったといっても、まったくの別種族なのよ？　体の構造がぜんぜん違うんだし、いつ具合が悪くなるか……」

セシルにはこの魔法の仕組みなど想像もつかなかった。

だが体を支配するのはなにも精神（おもに大脳の活動）だけではない。意識とは別に、重要な器官をコントロールするのも脳の役割だ。副交感《ふくこうかん》神経はどうなっているのか？　ホルモンのバランスや体温はどうやって調節する？　猫にない器官が人間にはあり、人間にない器官が猫にはある。

いますぐティラナとクロイを病院に連れていって、各種モニターで厳重に監視するべきだ。

医師と獣医の入念な協議も必要だろう。

《ぐあいは　わるくない》

ティラナ(猫)が書き込んだ。

《ふだんはわからないにおいやおと　ひかりなどが かんじられるが　ふしぎとへいきだ》

「この状態になってどれくらいたつの？」

するとティラナ(猫)は床に転がった壁掛け時計を見た。

《8じかん》

八時間か。それほどの時間、不調がないのなら、とりあえず肉体の制御に問題はないと仮定しておいていいのではないか？　長期的な影響については想像もつかないが。

「わかった。でもやっぱりあなたの体は見ておくことにするわ」

「うにゃっ!?」

黒猫が抗議の声をあげた。

「恥ずかしいのはわかるけど、あなたは病人みたいなものなのよ？　それに、ケイに見られるよりはましだと思ってあたしを呼んだんでしょう？」

「にゃあ……」

「ねえティラナ、あたしの仕事は知ってるでしょう？　人間の体の汚いところを見ても、もう慣れっこでなにも感じないの。あなたの体が赤ちゃんみたいに、よだれをたらしておしっこを漏《も》らしてても、あなたを軽蔑《けいべつ》したりなんかしないわ。だってあなたの責任じゃないんだから」

セシルがよだれだの何だの言うたびに、黒猫が肩を震わせた。鞭《むち》か何かで打擲《ちょうちゃく》されているような仕草だ。

「う……にゃ……にゃ……」

ティラナ(猫)がうつむき、恥辱《ちじょく》の涙を流した。猫でも泣くのか。驚きだ。

《ほんとうに　けいべつしないか?》

「もちろんよ。とにかくあたしに任せておいて」

《ほんとうの ほんとうにか?》

ティラナ(猫)側は筆談なので、こうして話すのもけっこう面倒くさい。だがわざわざメモ帳に書き込みたくなるほど、不安なのだろう。傷ついた様子のティラナ(猫)の背中を、セシルは優しく撫《な》でてやった。

「大丈夫よ。一緒にがんばりましょう」

《すまぬ》

メモ帳に書き出しながら、ティラナ(猫)は深いため息をついた。

やれやれ。どうにか彼女を納得させることはできた。

セシルが奥の寝室に向かおうとしたそのとき——。

「うにゃあっ!!」

ティラナ(猫)が急になにかを思い出したように、背筋《せすじ》をぴんとさせ、彼女に向かって『うにゃあ!』と叫んだ。
「どうしたの?」
《しまつた　いしゆみを　かいしゆうしなければ》
「いしゆみ?」
《このみるでぃをひきおこした　どうぐだ　すぐそとの》
「すぐ外の?」
《ごみおきばに》
「ゴミ置き場に?」
《てちがいで　けいがすてて　しまつた　そろそろぎようしやが》
そろそろ業者が?
《くる》
黒猫がたどたどしい手つき（?）でキー入力をしているうちに、窓の外から轟音《ごうおん》が聞こえてきた。わざわざ見るまでもない。あのうるさいディーゼル音と、けたたましいがらくたの山が崩れる音は——。
「業者?　ゴミ収集の業者が心配なのね?」
《とめて》

ティラナ(猫)が焦《あせ》りもあらわにキー入力する。

《いそいで　いしゅみがないと　もどれないかも》

「あっ……」

ようやく事情が見えてきて、セシルは右手で口を覆《おお》った。彼女をこんな状態にした魔法のアイテム――それが何かの手違いで、いまゴミ収集場にあるのだ。

「それがないと戻れないの?」

《わからぬ　だがすてないで》

「ま、待っててね。行ってくるから。いい子にしてて!」

あわてて部屋を出ていこうとすると、奥の寝室から物音がした。セシルが足を止め振り返ると、ドアが開いて四つん這《ば》いのティラナが現れた。

「え……?」

いや、正確にはクロイの心が入ったティラナの体、か。着崩れたキャミソールで下半身は丸《まる》裸《はだか》。大きな瞳《ひとみ》がこちらを見上げている。寝起きでぼんやりとしているのだろう。乱れてくしゃくしゃになったブロンドが陰影を作っており、妙な色気を漂《ただよ》わせている。

(これは……)

もっと野性味があったり不潔だったりするような――そう、たとえばインドの奥地で虎《とら》に育てられて発見された少女みたいな、そんなたたずまいを覚悟していたのに。それがなんだ、この美しさと色っぽさは。

セシルはごく普通の異性愛者で、別にそっちの気はないのだが、思わず生唾《なまつば》を飲んでしまう。気圧《けお》されて固まっていると、足下でティラナ(猫)がぎゃあぎゃあと騒いでいた。急《せ》かしているのだろう。

「せー」

ティラナ(の体)が声をあげた。

「え?」

「せー……せー……。せー!」

もしかして『セシル』と言おうとしているのだろうか?

「クロイ? クロイよね? えーと、お利口さんにしてて。いま急いでるの、その——」

「せー!」

にっこりと目を細めて、ティラナ(の体)が飛びかかってきた。おそらくクロイは、軽い気持ちで抱っこしてもらおうとしたのだろう。だが小柄な少女とはいえ、一〇〇ポンドくらいはある人体が、猫の勢いでぶつかってきたのだ。セシルは避けることもできずに押し倒された。

「あっ……」

倒れたはずみで後頭部をテーブルの脚に強打してしまう。重たい痛みと衝撃。目の前が真っ暗になって、どこかで白い光がちかちかとした。

いけない。とにかくこの子をどけて、ゴミ収集車を——。

「せー……?」

数秒あけて、意識が遠のいてきた。

ティラナ（の体）が、きょとんとして顔を近づけてくる。クロイ（の体）が、どこかでにゃあにゃあわめいている。

あ、だめだ。ごめん。そういえば朝ご飯抜きだったのよ、きょう……。

意識を失う直前に感じたのは、ティラナ（の体）が心配そうに自分の頰《ほお》をぺろぺろ舐《な》めるくすぐったさだった。


マトバがセブン・マイルズのオニールの店に行ったら、まだ昼前なので雇われバーテンのボブしかいなかった。

「たぶんまだアパートのほうだと思いますよ」

仕入れてきたばかりの酒を運びながら、ボブが言った。

「まだ寝てるのか」

「たぶんね。昨夜は大勢でらんちきパーティやってたっスから」

どうりで電話にもメールにも出ないわけだ。ぶつくさ言いながら、車はそのままにして二ブロック離れたオニールのアパートに歩いていく。

途中で顔見知りのチャーリーとすれ違う。いつもこの界隈《かいわい》で飲んだくれている酔っぱらい爺《じい》さんだ。

「ようマノベ。朝から精が出るな」

「もう昼だよ。爺さん、また飲んでるのか？」

「いつだって飲んでるさ。きょうはあの娘っ子がいねえな。とうとうふられたかい？」

「風邪引いて寝てるだけだよ。じゃあな」

そういえばティラナのことを放ったらかしだった。後で電話してみるか。

セマーニ人のなにかの病気だと自分に言い聞かせたが、放置したのはまずかったかもしれない。

とはいえ朝のあの振る舞いは——弱った。

別に下着姿の女に抱きつかれたくらいでオタオタするほどガキではない。発情期の犬や猫が、飼い主の足に腹をこすりつけるようなものだと思っておくべきなのだが、それがティラナだというのが問題だ。

なんとも気まずい。

自分も寝ぼけていたせいで、実は正直、最初はけっこういい気分だった。相手がほかの女だったらどうなっていたことやら。

ともかく、オニールだ。

目当てのアパートは煉瓦《れんが》タイルの外壁で、表通りに面していた。管理会社が予算をケチっているのか、一〇年以上まともなメンテもやっていない有様《ありさま》だ。エントランスでオニールの部屋番号を押して呼び出す。三回やっても返事がない。

「……ったく」

しつこく押す。六回目でやっとだれかが出た。

『ああ……うるせえ。はあい……』

しわがれた男の声。たぶん用心棒のケニーだ。本来の仕事のときは威圧感たっぷりな野太い声を出す奴《やつ》だが、いまはひどく弱々しい声だった。

「マトバだ。オニールはいるか?」

『ああ、旦那《だんな》ですかい。ええと……どうかな。寝る前はいたはずだけど……』

「とにかく開けてくれ」

『ええ。頭いてえ……』

ブザーが鳴ってエントランスの鉄格子《てつごうし》のロックが解除された。

廊下やエレベーターは薄汚れていて、いつも酸っぱいような妙な匂《にお》いが漂《ただよ》っている。階数のボタンも割れたまま放置だ。六階のオニールの部屋に行く。ドアに鍵《かぎ》はかかっていなかった。

「おい、入るぞ」

ぞんざいにノックして玄関に入る。たちまちものすごい酒の匂いが漂ってきた。ビールとウイスキーとウオッカとラムと……それらすべてが渾然一体《こんぜんいったい》となって、さらにタバコとゲロとアロマっぽい匂《にお》いのカクテルが完成していた。

「うわっ、なんだこれ……ひでえな」

廊下もめちゃくちゃだった。なぜかクリスマス・ツリー用の飾り付けが散乱しており、安っぽい金色のモールの山に埋もれて、知らない男がパンツ一丁で大いびきをかいていた。

「旦那《だんな》、どうも」

薄暗い廊下の奥、リビングのほうからハート柄のパジャマを着たケニーがのそっと出てきた。いかつい黒人の巨漢である。

「ケニー。なんだその格好は」

「なにって……俺《おれ》は寝るとき、いつもこうですよ。このパジャマじゃねえと眠れないんで」

「そこに転がってる男は？」

モールに埋もれて眠る男を、マトバは顎《あご》で指した。

「いや、知らないっすね。だれだこいつ？　きのうはいなかったぞ」

「………。まあいいや。オニールはどこだ」

「それが見あたらなくて……。ウォッカとケチャップとタバスコのソーダ割りを一気飲みして、テーブルの上でクネクネ腰を振ってたあたりまでは覚えてるんですがねえ」

ガラクタを避けながらリビングに出ると、さらにひどい惨状《さんじょう》が待ち受けていた。

無数の酒瓶《さけびん》。焼け焦げた家具。近所の飲み屋の看板。ステーキのチェーン店で有名なマスコット人形がなぜか持ち込まれ、麻袋をかぶせて吊《つる》し首になっている。奥の部屋にはヤギがいた。本物の、生きている動物のヤギだ。ヤギの頭にはやたらと作りのいい王冠がかぶせてあった。

「どこから連れてきたんだ、ヤギなんて」

「さあ……俺だってさっぱりですよ」

「ひでえな」

らんちきパーティの翌日というのにしたって、もうすこしまともな風景になりそうなものだ。残っているパーティ客は、見える限りで四～五人だろうか。全員寝ている。ピンク色のボディースーツを着たおっさんが、ハンモックでがんじがらめになって宙づりになっていた。ダイニングの冷蔵庫には、ＳＭの女王様が頭をつっこんで眠りこけていた。体重二〇〇キロはありそうなオバハンがソファに横たわり、寝息にあわせてフレームをぎしぎし言わせていた。ほかにもなんやかやかや。

「オニールがいない」

「ヤギに食われちまったんじゃないですかね？」

「草食動物だぞ。それにライオンやグリズリーだって、オニールは食わないだろ」

「あー……旦那。俺も二日酔いなんです。意味がわからねえんですが」

ケニーは気だるげに言うと、何度もせき込んだ。

「なんだっていい。とにかく、どこにいやがる？　あいつに確認して欲しいものがあるんだ」

「うーん、たぶんどっかにいるでしょ。ううー、気持ち悪い……」

気分が悪そうなケニーはそっちのけに、マトバは部屋のあちこちを捜し回った。なぜかヤギがなついてきて、マトバを追い回す。後ろから鼻息をかけてくるのでうっとうしい。

「ええい、やめろったら」

鼻面《はなづら》を押しのけると、ヤギは悲しそうなうなり声をあげた。

寝室、バスルーム、バルコニー。どこにもいない。

いや、空っぽのバスタブにエルビス・プレスリーが寝ていた。エ、エルビス、プ、プレスリ、、だ。胸が大きくあいた白いジャンプスーツに金の飾り。レトロなリーゼントに長いもみあげ。まるで最愛の女みたいに、ギブソンのギターを抱えている。

「おいケニー、エルビスがいるぞ!?」

「ええ？」

「エルビス・プレスリーだ。うおお、すげえ。まるで本物じゃないか」

「なに言ってるんですかい、本物ですよ」

「そんなわけあるか。エルビスは大昔に死んでるぞ」

たしか七七年だったか。うろ覚えだがマイケル・ジャクソンと似たような理由で急死している。偉大なシンガーには定番の最期《さいご》だ。

「旦那《だんな》、あれは政府の流したデマですよ。エルビスはＣＩＡのエージェントだったんだ。死んだと見せかけて、共産主義者とロックで戦ってた。定説ですぜ」

「そのエージェントが、なぜ半世紀後のいま、こんなクソアパートのバスタブで寝てるんだ。なんかタバコくわえてるし、酒くさいし。エルビスは酒もタバコもやらなかったんだぞ？」

「詳しいね、旦那」

「とにかくオニールはどこに行ったんだ？　っていうかこのヤギ、どうにかしろ！」

「めええ〜〜〜」

「ああーっ、くそっ！」

エルビスの物まね芸人は放っておいて、残る室内を捜索する。キャビネットやら、家具の裏やら、成人男性が収まるような空間はすべて捜し回ったが、オニールはいなかった。

なにしろヤギまでいるのだ。ステーキ屋の人形は吊《つる》されてるし、ベッドの中には馬のかぶり物がワイン漬けになって放置されていた。こんな狂気の空間で、あのインチキ牧師（司祭だか神父だか、まあなんでもいい）を捜していると、こちらまで精神の均衡《きんこう》を失いそうだ。

マトバはイラついて怒鳴り声をあげた。

「どこなんだ、オニール!?」

「うーむ……」

どこかからオニールの声がした。ケニーが眉《まゆ》をひそめる。

「旦那《だんな》。なんか、いま……」

「しっ」

耳をそばだてる。だが集中しても、聞こえてくるのはいびきと寝息とヤギの鼻息だけだった。オニールの姿は見えない。

「オニール？」

「うーむ……」

またオニールの声。すぐそばにいる。おそらくは、このリビングのどこかだろうが――。

「オニール」

「おお……主よ。お許しください。私はいま、豊穣《ほうじょう》の中にいます……。ぶよぶよとした、白く、輝《かがや》く、どこかです。息が苦しい。とても苦しい。この豊穣の肉におぼれ、私はいま、まさにあなたの国へと旅立たんとしており――」

さすがに声の場所がわかった。リビングのソファー、その上に寝そべる体重二〇〇キロの女。彼女に押しつぶされる格好で、オニールが横たわっていた。

よく見れば肉の塊《かたまり》から、手や足の先がちらりと見える。ブラウンの顔もだ。浅い息をして、はあはあと繰り返しながら、分厚い唇《くちびる》をぱくぱくとさせて――。

「うーん、死ぬ。主よ、おそらく私は死にます。願わくば、来世ではこの過剰にふくよかな女性と知り合うことのありませんように――」

「いたよ、まったく」

マトバは女をどかそうとしたが、無理だった。ちょっと揺すったくらいではびくともしない。

「おい、オバハン。どいてくれ。オニールが死んじまう」

女は高いびきをかくばかりで、まったく目覚めない。

「起きろって！　そりゃあこいつらしい最期《さいご》だとは思うが、その前に聞いときたいことがあるんだよ」

「うーむ、助けて……」

女は起きない。マトバが手を取って引っ張っても、うるさそうにうなって振り払い、『スター・ウォーズ』に出てくるジャバ・ザ・ハットみたいな口をむにゅにゅとさせるばかりだった。

「旦那、無理ですぜ。バージン・マリーはこうなったら半日は起きないから」

「バージン・マリー？」

「彼女の名前です。理由は知らねえけど、そう呼ばれてるんでさ」

「娼婦《フッカー》だろ？」

「ええ。マダム・シナモンのところの女です。デブ専の客に大人気で」

マダム・シナモンはマトバも知っていた。マニアックな客向けのデートクラブの経営者だ。

二年くらい前にトニーたちがしょっぴいたことがある。

「たすけ……て……」

「まったく」

マトバはキッチンに行くと、適当なジョッキにクラブソーダとウォッカを入れ、さらに『マリーシャープス』（ハバネロの激辛ホットソース）を一瓶《びん》すべてぶち込んで、熟練したバーテンのような手つきでステアした。いやはや、マ、リ、ー、シ、ャ、ー、プ、ス、か。これならよく効くだろう
食器棚の中から漏斗《じょうご》を見つけ、特製カクテルと一緒に女のところへ持っていく。

様子を見ていたケニーが血相を変えた。

「旦那《だんな》。マジですか」

「付き合いきれん。こいつを食らえ」

バージン・マリーの口に漏斗をガポッとつっこみ、容赦《ようしゃ》なく特製カクテルをそそぎ込む。ジョッキの中身をすべて注ぐと、いびきが止まり、一瞬、異様な沈黙があった。

マトバが数歩下がり、ケニーも思い出したように遅れて下がった。

直後、バージン・マリーは特製カクテルを噴水のように吐き出し、この世のものとも思えぬ絶叫をあげて、三フィートほど跳ね上がった。比喩《ひゆ》ではなく、本当に三フィートも飛んだのだ。

「うおっ……」

バージン・メアリーは目を覚ましてくれたが、重力の法則に従い落下した。空中から、ソファーとオニールの上に——。

けたたましい轟音《ごうおん》と共に、ソファーの脚がすべて折れ、衝撃で周囲の酒瓶が飛んだり跳ねた

りした。床が抜けるのではないかと思ったが、さすがにそこまではいかなかった。

しゃがれた悲鳴が響きわたる。ヤギがおびえる。

バージン・メアリーはのどを押さえてフロアをのたうち回り、ぐったりしたオニールの体の上を何度も行ったり来たりした。ロードローラーみたいな巨体だ。これがカートゥーンなら、オニールはパイ生地みたいに引き延ばされているところだろう。

「旦那、ひどいです。やりすぎですよ」

「いや……ここまで暴れるとは……。驚いて目を覚ますくらいだと思ったんだ。まさかあんな飛ぶなんて……おい、なんだよその目は。本当だって」

あっけにとられていたマトバは、非難がましいケニーの視線に気づいてうろたえた。すぐそばのヤギも似たような感じでマトバを見ていた。

「呼んだほうがいいんじゃないすか？」

「なにを」

「救急車ですよ」

「ああ……うん。そのほうがいいかもな……」

ようやく思い出したように、マトバは携帯電話を取り出した。

4

失神やら気絶やらといった経験は、人生でそう何度もあるものではないのだが、セシルはこれが四度目だった。一度目は中学生のころ、陸上部の練習中に暑さで倒れたとき。二度目は医大生になって、最初に解剖《かいぼう》実習をやったとき。三度目はケイと……まあ、これはいい。

いずれにしても、これまでと同様、気を失っていたのはそう長い時間ではなかったようだ。せいぜい五分かそれ以下か。

ティラナ(猫)がぎゃあぎゃあとわめいている。

「うーん……」

身を起こして首を振る。ティラナとクロイの心が入れ替わったなんて、なにかの悪い夢だったのではないか……そう期待して周囲を見たが、状況はなにも変わっていなかった。のんびりと毛繕《けづくろ》いをしている半裸《はんら》のティラナ(中はクロイ)と、落ち着きなくフロアを歩き回っているクロイ(中はティラナ)。

「ああ……ごめんなさい、あたしったら。あれくらいのことで……」

後頭部がずきずきとした。そんなひどい打撲《だぼく》ではないし、それほど気分も悪くなかったが、できれば精密検査をしておきたいところだ。

いや、いまはそれどころではない――。

「そう、収集車！　収集車はどうなったの!?」

《いつてしまつた……》

ティラナ(猫)がスマートフォンに打ち込んだ。何度もやっているうちに三点リーダーを覚えたらしい。

セシルが気絶している間に、収集車は行ってしまった。普通の体なら余裕で間に合う状態だったのだろうが、猫の体ではドアや窓を開けることもままならない。なにもできないまま収集車を見送るしかなかったティラナの焦燥《しょうそう》はいかばかりだったか。

「追いかけるわ。まずはその弩《いしゆみ》を回収しないと」

「にゃあ！」

そばに落ちていた眼鏡《めがね》を拾い上げ、上着に袖を通す。リビングを出て行こうとすると、ティラナ(猫)が後から付いてきた。

「あなたも来るの？」

「にゃあ」

ティラナ(猫)が鳴いた。たぶん肯定《こうてい》。

「でも……あなたの体はどうするの？　ここに置き去りにして、なにかあったら……」

「にゃあ、にゃあ！」

黒猫がセシルの脚にしがみついてじたばたする。なにか喋《しゃべ》りたそうだと察して、スマートフォンを差し出してやった。

《だいじようぶ　くろいはいつも　いいこでおるすばん》

てきぱきとキー入力。だんだん速くなってきているような気がする。

正直なところ、猫の体のティラナを連れていったところでなにかの役に立つとは思えない。できればここでおとなしくしていて欲しいのだが……。

黒猫の目がまっすぐセシルを見上げる。彼女も不安なのだろう。

「ああ……わかったわ。ただし、あたしから離れないでね？　迷子になったら大変よ？」

「にゃあ」

たぶんいまのは『わかった』か『ありがとう』あたりだろう。

セシルはクロイ(人)に『いい子にしててね』と言い含め、ティラナ(猫)を抱きかかえて家を出た。きっちり戸締まりをしてから愛車のチェロキーに乗り込むと、黒猫がひょいと助手席に飛び移る。その座席の上に、しっかり持ってきたティラナのスマートフォンを置いてやった。

「にゃあ」

「オーケイ、収集車を捜しましょう。まだ一〇分かそこらもたってないから……そんなに遠くまで行ってないはずよ」

セシルは近所を走り回った。表通りを西のほうへとゆっくりと流し、角に出合うたびに左右を確認。収集車は見あたらない。いくつかゴミの集積所があったので、そのたびに一度車を降りて、中身をのぞきこむ。どれも空っぽだった。収集車が通った後なのは確かだ。
《ほんとうに　こちらのほうがくで　いいのか?》
ティラナ(猫)がキー入力でたずねてきた。
「たぶん……いいえ、わからないわ。だってこの辺りに住んでるわけじゃないし、土地勘なんてないもの」
《ぎゃくほうこうかもしれない》
「それは住民としての見解?」
《わたしも　じしんはない》
「ああっ、もう」
《ごみのかいしゅうなんて　きにとめたことがない》
「これを機会に勉強することね。地球文明の大事な問題なんだから」
《そうだな　はんせい》
さらに車を流してみたが、収集車はまったく見つからなかった。これ以上進むと、ニューコンプトンから出てしまう。さすがに方角が違ったのかもしれないと思い直し、大急ぎで引き返す。

今度は家の東側を探索する。数ブロックをぐるりと回って、また家の前まで戻ってきてしまった。

「やっぱり見あたらないわ……。いつものろのろ走ってるから、すぐ見つかると思ったのに」

「うにゃあ！」

右側の窓にへばりつき、ティラナ(猫)が叫んだ。

「なに？　見つけたの!?」

「うにゃあ！　うにゃあ！　うみゃあー！」

黒猫が首を横にぶんぶんと振って、自宅の二階の窓を前脚で指した。

窓際にクロイ(人)が腰掛けて、外をぼんやりとながめている。キャミソール一枚のしどけない姿が、外の通りから丸見えだ。

「ああー……あれはちょっと恥ずかしいわね。ロールカーテンを下げておけば良かったわ」

《さげてきてくれ》

「ねえ、気持ちはわかるけど、あたしたち急いでるのよ？」

《たのむ　だれかにみられたら　いきていけない》

「わかった。わかったから」

車を降りて小走りで家に戻る。また飛びついてきたクロイ(人)をなだめて、窓のロールカーテンをすべておろした。なにかの事故が心配になってきたので、ガスの元栓を締めてブレーカーを落とし、あらためて戸締まりして車に戻る。これでまた三分は無駄にしてしまった。

「これで安心でしょう？　さあ行きましょう」

《すまぬ》

あらためて付近を捜索。ニューコンプトンは元が倉庫街なので、人通りが少ない。たまに見かけた近所の住民に『ゴミ収集車を見なかった？』と訊《たず》ねてみても、だれもが首をひねるばかりだった。セシルは車を路肩に止めて、ため息をついた。

「残念だけど、見つけるのは無理だわ」

「にゃ？　うにゃあ！」

「ちがう、ちがう。こうやって捜して見つけるのが無理ってことよ。ちょっと、興奮しないで」

すがりついてくるティラナ(猫)を押しのけて、自分のスマートフォンを操作する。

『サンテレサ市環境局』を検索。

ホームページが出たが、ＰＣ用のサイトでえらく文字が小さい。しかも無駄に写真が多くてイライラする。リンクの張り方も自己満足かつ不親切でわかりづらいし……ああ、役所ってどうしてこうなのだろう。でも考えたら、うちの検死局のホームページも似たようなものだった。そのうち改善を進言しよう。

やっと見つけたニューコンプトン地区の清掃事務所のリンクをたどって、電話番号を見つける。ぽちっと押して耳にあてる。

「……そもそも、最初からこうすれば良かったんだわ。刑事のまねごとなんてするものじゃないわね」

「にゃあ」

「そういえば、あなたもいちおう刑事なのよね」

「にゃあ……」

黒猫がうなだれる。怒る気力もないようだ。

ほどなく相手が電話に出た。

『はい。ニューコンプトン清掃事務所です』

「どうも、いくつかお尋ねしたいことがあるの。そちらはゴミ収集車の管理もしているんですよね？」

『ええ。実際に作業をしているのは外注の業者ですが……なにか問題でも？』

「いえ。はい。ええとね？　ちょっと手違いで、大事な品物をゴミに出しちゃって……ついさっき回収されちゃったみたいなんです」

『ははあ。それは本当にお気の毒でしたな。それじゃ』

心から同情するような声を出してから、相手は電話を切ろうとした。

「ちょっと待って！　切らないで！」

『まだなにか？』

「言ったでしょう、大事な品物なの。なんとか取り戻したいのよ」

『そう言われましても……。一度回収したゴミは、所有を放棄したものと見なされているんです。そうしないとキリがないですからね。夫婦喧嘩《げんか》でかっとなった奥さんが捨てた写真やらなにやら……後になって「返せ」とか言ってくることがよくあるんですよ。でも、無理ですから』

この手の苦情や懇願はよくあるのだろう。事務員の対応はよく慣れたものだった。

『こういう電話のたびに収集業者をストップさせてたら、街は大混乱でゴミだらけになります。大変お気の毒ですが、あきらめてください』

「ちがうの、思い出の品とかじゃないの。人の命がかかってるかもしれないのよ!?」

『ははあ、それは大変ですな。いちおう聞きますが、どんな品物ですか？』

「それは……ええと……」

心を入れ替える魔法の弩《いしゆみ》。

まさかそんなことを言って信じてもらえるわけがない。セシルが答えに窮していると、相手は小さく鼻を鳴らした。

『どうしたんですか？　ほらね、大したものじゃないんでしょう。とにかくあきらめてください。それじゃ――』

「じゅ、重要な証拠《しょうこ》物件よ！」

『え？』

「言い忘れてたわ。あたしはサンテレサ検死局のセシル・エップス副主任監察医です。現在捜査中の変死事件で、ルミノール反応が検出された物品があるの。重要証拠《しょうこ》よ。もしこれが失われると、捜査は迷宮入りとか不起訴とか、なんかそういう感じになるのよ。わかった？　わかったら検死局に協力しなさい」

自分のアドリブ能力の低さに、セシルは絶望的な気分になった。よりにもよってルミノールとか。仮にも専門家なんだから、もうちょっとましな出まかせが出てきても良さそうなものである。だいたいルミノール反応は血痕《けっこん》などを検出するための予備検査にすぎなくて、もっと詳細な検査をしなければ証拠になんか採用されないのだ。

だが相手の事務員には効果があったようだ。

『ほほう。それは……そういうことなら、先に言ってくださいよ』

「ご、ごめんなさい。急いでて」

『いえいえ。知ってますよ、ルミノール反応。これでも私はそういうドラマとかよく見るんです。『ＣＳＩ』とか。全話チェックしてるくらいでね。いや、なんでもおっしゃってくださいよ』

なにやら、急に前のめりになって話しかけてくる。

「よかったわ。とにかくこちらの住所を言うから、近くの収集車を止めてちょうだい」

『はいはい。あー、ですが……さすがに直接身分を証明していただかないと、便宜《べんぎ》ははかれません。いますぐ事務所まで来られますか？』

「事務所に？」

『すみませんねえ。ご面倒とは思うんですが……』

ニューコンプトン清掃事務所というくらいだから、そう遠くはないのだろう。

「わかったわ。行きます」

『急いでくださいね。あんまりモタモタしていると、焼却場に行っちまいますから。あ、私の名前はゴードンです。よろしく』

セシルは電話を切って、車を急発進させた。ティラナ(猫)が助手席でひっくり返って悲鳴をあげたが、彼女にかまっている余裕はなかった。


幸か不幸か、オニールはアバラの数本をやられたくらいで済んだようだった。

ストレッチャーで運ばれる最中、エレベーターの中で意識を取り戻したので、マトバは彼の耳元で怒鳴った。

「オニール。聞きたいことがあって来たんだ」

「うん……神よ。私はいま、悪夢にさいなまれています。ぶよぶよの肉でできたロードローラーの夢です。この恐怖を取り除いてください。だいたいあの女の名前は冒瀆《ぼうとく》にもほどがありますが、ちょっと面白いと思って私が与えただけなのです。……うーん、ひょっとして怒りましたか？　反省してます。反省してます。とにかくもういやだ。お許しを、お許しを、お許しを……」

　エレベーターの天井を見上げ、いやな汗をびっしり浮かべ、うわごとのようにつぶやく。アバラをやられてるのに、ずいぶんペラペラしゃべるじゃないか。

「オニール、見て欲しいものがあるんだ」

「おお……これはマトバ刑事。君が地獄の門番かね？　いかにもな配役だが、あいにく私はサタンの手先に払うようなワイロは持っていないのだよ……。消えるがいい！　私が行くべきは天国だ。ただし、かび臭いファンファーレが鳴り響いているような天国ではなく、グルービーなファンクが流れる真の天国だ。おお……見える。背中に羽を付けたブーツィー・コリンズが、まばゆい光の中で踊っているぞ」

　もう、なにがなんだか。変な薬でもやっているのだろうか？

「オニール。おまえのタレコミの件だ。密輸業者《スマグラー》が二人、密談してたって言ってたよな？　そいつらの人相風体《ふうてい》についてなんだが――」

　そこでエレベーターが地上階についた。救急隊員がマトバを遮る。

「刑事さん、患者が苦しんでます。やめてください」

「どうせラリってるだけだ。大事なことなんだよ。ちょっと時間くれ」

「ですが――」

「死にゃあしねえって！　なあ、頼むよ」

われながらひどいことを言っているとは思ったが、これでこのままオニールを救急車に運ばせて、病院までご一緒するのは勘弁だった。それだけで何時間浪費するかわかったものではない。

「とにかくだ、オニール。おまえが見た密輸業者ってのが問題なんだ。どんな奴《やつ》らだった？」

「うーむ……それに答えたら、私は天国に行けるのだろうか？」

「ふざけんな、おまえが天国に行けるわけねえだろ……いやすまない。行ける、行ける。ファーストクラスで行けるぞ。だから教えろ」

「ファーストクラス。本当かね」

「ああ。クソ高いワインでもコニャックでも飲み放題だ」

「うーん、だが酒はもう一生飲みたくない……」

「いいからさっさと答えろ、この二日酔い野郎《やろう》！」

オニールの胸ぐらをつかもうとするマトバを、横から救急隊員たちが制止した。

「落ち着いて、刑事さん」

「ええい、うるさい。放してくれ」

普通ならメール一本で済む用事が、こいつのバカなノリに付き合わされ、一時間以上浪費しているのだ。ただでさえきのうから、わけのわからないことだらけでイライラしてるってのに

——。

「とにかくオニール、こいつを見ろ！」

自分の携帯端末に読み込んだ画像を、マトバは突き出した。

それはCBPのヘルマンデス捜査官の身上書《しんじょうしょ》で、マトバの立場なら入手できるレベルのごく簡素なものだった。彼の経歴その他はどうでもよくて、オニールに見て欲しいのはヘルマンデスの顔写真だった。

「こいつに見覚えがあるか？　その密輸業者と会っていた男は、ひょっとしてこいつなんじゃないのか？」

「おお。うーん。おお」

オニールは曖昧《あいまい》な感じでうなり、ぼんやりした目で画像を見た。

「確かに……この紳士だった」

「よし！」

「たぶん……」

「なに？」

「おそらく……」

「おい」

「いや、きっと……」

「なあ、それじゃ困るんだよ。もっとはっきり言ってもらわないと――おい、オニール!?」

オニールが白目をむいてぴくぴくと痙攣《けいれん》しはじめた。なんだか聞いたこともない言葉――たぶんラテン語かなにかだろう――をぶつぶつ呟《つぶや》き、手足を小刻みに震わせる。

「もういいでしょう。連れていきますよ」

救急隊員が言った。今度こそ断固たる口調だ。

「待ってくれ。こんな曖昧な証言じゃ……」

「だめです。もし彼が死んだらあなたに責任が取れるんですか？　どうしても話がしたかったら病院まで同行してください」

「死ぬわけないだろ、この程度で。とにかく――」

「おい、過呼吸《かこきゅう》起こしてるぞ。オニールさん！　落ち着いてください、安心して！　ちゃんと治りますから！」

マトバを押しのけ、救急隊員がオニールに飛びかかった。ストレッチャーのバンドを締め直したり、紙袋で顔をおおったり、つるつるに剃《そ》った頭を何度も叩《たた》いたり。

そのまま表に待っていた救急車に放り込まれて、けたたましいサイレンと共に走り去ってしまう。マトバは棒立ちして救急車を見送るしかなかった。

「なんなんだ、まったく……」

まあ自分にも責任の一端《いったん》はあるのだが。

「なあケニー、二、三日前にオニールがデートした女を知ってるか？　そいつなら密輸業者の顔を見てるかもしれないんだが」

「あー、ええ。知ってますよ」

マトバと同様、路上に棒立ちしていたケニーがうなずいた。

「さっきキッチンにいたでしょう。ＳＭの女王様みたいなの。彼女です」

「なんだ。いたのか」

手間が省けてありがたい。というか最初から知ってれば、こんな面倒なことにならなくて済んだのに。

「あー、待て。その女王様、冷蔵庫に頭つっこんでたよな……」

「でしたっけ？」

凍死してないといいのだが。

セシルなりに大急ぎで車を走らせたつもりだったが、あいにく映画のカーアクションのようにはいかなかった。なにしろ免許をとってから十数年、しっかり安全運転を心がけてきたし、あまり度胸のあるタイプでもない。しかも途中の道は断続的に渋滞していたのだ。
《ほんとうに　それで　いそいでいるのか!?》
赤信号できっちりと停車すると、ティラナ（猫）が責めてくる。いつのまにやら『！』や

『?』の出し方も覚えたらしい。がんばれば今日中にはギリシャ文字だって表示できるようになるかもしれない。

「これでも大急ぎなのよ。ああ……でも信号無視はしたくないの。友達の友達がそれで事故って大怪我《おおけが》したことあるし。スピード違反は……ちょっとならしてるわ。とにかくそう騒がないで」

《わたしに　うんてん　させろ》

「猫の体で?」

《そうだった……》

「それにね、ティラナ。こういう公道で危険運転をしても、到着までの時間はそう変わらないのよ。せいぜい二～三分の差くらいにしかならないわ。統計上、はっきりしてるのよ」

《そのじかんが　おしいのだ!》

いちいち打ち込んでティラナ(猫)が言った。

まあ、わかる。こうしているうちに、問題のゴミ収集車がその中身をどこかの焼却炉《しょうきゃくろ》にぶちまけているかもしれないのだ。ティラナが焦《あせ》るのは無理からぬことだった。

「そんなに心配しないでいいわよ。もし元に戻れなかったら、あたしが飼ってあげるから」

「うにゃ――っ!?」

「冗談よ。ほら、もうすぐだって」

カーナビが清掃事務所まであと一〇〇ヤードだと告げてきた。

ここはニューコンプトン地区の西南、セブン・マイルズとヘルファートの二地区にほど近いあたりで、小さな工場が軒《のき》を連ねている。安っぽいトタンの塀と、スプレー缶の落書き。そばの工場の軒先では、ちょうど昼休みに入った熟練工たちが昼飯をぱくついたり食後の一服を楽しんだりしていた。

付近でひときわ背の高い煙突が近づいてくる。

ニューコンプトン清掃事務所は、地元の焼却施設と同じ場所にあるようだった。ニューコンプトンという名称ではあるが、すぐ南のヘルファート地区のゴミも処理しているそうだ（ホームページにそう書いてあった）。そうなると受け持ちのエリアは広大なのだろう。セシルの車が駐車場に入っていく間にも、何台かのゴミ収集車が焼却施設に出入りしている。戦車みたいに大きな車だ。街中のコンテナから集めたゴミを腹の中にため込み、整然と処分に向かっていく。

「オーケイ、さあ行きましょう」

「にゃあ」

駐車場に車を止めて、ティラナ（猫）を抱いて、駆《か》け足で事務所へと急ぐ。

プレハブ造りの質素な事務所に入ると、受付は無人だった。

「ああっ、もう」

すぐそばにあった『ご用の方は押してください』というブザーを押す。何度も押す。待つこと一分。イライラしてきたところで、ようやく痩《や》せ形のおばさんが顔を出した。

「はい？」

「ゴードン？」

「えーと、検死局のセシル・エップスです。こちらのゴードンさんに、話は通してあるんですが。その、手違いで重要証拠《しょうこ》が収集されてしまいましてね？　なんとか回収したいと……」

「ええ。電話ではそう言ってました。ゴードンさんです」

「ゴードン。ゴードンねえ……誰かしら」

おばさんは不景気な顔でうつむき、面倒くさそうにため息をついた。

「そういう職員は、ここにはいないと思うんだけど」

「そんなはずは……。確かにそう言ってたんです。声から察するに、たぶん三〇代から上の白人男性です。いないんですか？」

怒鳴りつけたいのをぐっとこらえて、セシルは辛抱《しんぼう》強くたずねた。

「そう言われても……ゴードンねえ？　そんな人、いたかしら？」

「そんなのんきに……ねえ、あたし急いでるのよ。とにかく話のわかる人を呼んでくれませんか？」

するとおばさんは気分を害した様子で、セシルのことをにらみつけた。

「なあに、その態度は？　検死局だか絹糸局だか知らないけど、いかにもインテリらしい偉そうな態度よね。どんな立派な学校に通ってたのか知らないけど、ここではあたしの方針に従ってもらうわよ」

「はあ？　あー、うん、わかりました。わかったから、ゴードンさんを呼んでちょうだい」

「そんな男知らないわよ」

おばさんはぴしゃりと言った。

「とにかくあたしは、あんたみたいなインテリ女が大嫌いなの。なぜだかわかる？　わからないでしょう？　それにはまず、あたしが過去に出会ったうっとうしいクソ女どもについて語らなければならないわ。まずジェーンという中学生時代の嫌味な女のことだけど――」

おばさんはくどくどと、自分が過去に出会った鼻持ちならない女たちの話を垂れ流しはじめた。こんな話に付き合ってなどいられない。セシルが相手を怒鳴りつけようとすると、その前にティラナ(猫)がおばさんの顔面に飛びついた。

「うにゃあ――――っ!!」

「ひっ……!?」

「にゃあっ！　にゃあにゃあにゃあっ！　うにゃ、うにゃにゃにゃ――――っ！」

黒猫がはげしく罵《ののし》りまくる。おそらく『こちらの人生がかかっているというのに。なんなのだ、貴様《きさま》のその態度は。死ね、死んでしまえ』とか、そんな感じのことを言っているのだろう。

「ちょっと、やめなさい、ティラナ！　いまはそんなことしてる場合じゃないでしょう!?」

「うにゃあ――――っ！」

引き離しても、ティラナ(猫)はじたばた手の中で暴れて、決して攻撃をやめようとしない。怒り、驚き、じたばたするおばさんと、絶叫する黒猫。間に入ってあたふたするセシル。

いったい自分は何をやっているのだろうか……？

つい二時間前は、頭が半分無くなった死体のあちこちを計測していた。いまは清掃事務所で、オバハンや黒猫と見苦しい取っ組み合いをしている。もう少し別の人生を歩むべきだったのではないだろうか？

そう思ったあたりで、事務室に男が入ってきた。

「なんだ、騒々しいな。マギー、なにやってるんだ」

「ああ……スコット、聞いてちょうだい。この女があたしに猫をけしかけてきたのよ。見て、このひっかき傷！　訴えてやるわ！　覚悟しなさい、この魔女め！」

「いいからマギー、落ち着きなさい。だいたい、ここに入ってはダメだと言ってるだろう？」

スコットと呼ばれた男が割って入った。

「まあスコット、そんなこと言わないで。ちょうどヒマだったから、あなたの代わりに応対したのよ」

「気持ちはうれしいが、君は向かいの工場の事務員だろう。勝手なことはしないでくれ」

「ごめんなさい。あなたを怒らせるつもりじゃなかったの。どうかスコット……」

「いいから。それで、どんな用件が？」

マギーとかいうババアをなだめて、スコット某《なにがし》がセシルに聞いてきた。

「ええ、さっき電話で──」

「ゴードンとかいう職員を出せって言うのよ。きっとデタラメだわ」

マギーが口を挟んだ。

「ゴードン？　私のことだぞ」

「あら、そうだったかしら？」

「あー、まったく……。とにかく後で話そう。いまは出ていってくれ！」

スコット・ゴードン氏は頭をくしゃくしゃかいてから、マギーの背中を押して、事務所の外へと追い出した。手荒に扉《とびら》を閉めてから、彼はセシルに向かって肩をすくめる。

「いや、申し訳ない。ちょっとあのオバハン、頭が変でね。油断するとすぐ入ってきて職員のふりをするんですよ。それで、ええと……ひょっとしてあなたが、検死局の方？」

「そうです。セシル・エップス。これが身分証よ」

彼女はバッグからあわただしく自分のＩＤを取り出した。

「ふむ。間違いないようですな。まあ本物なんて初めて見るけど。……ちなみにその猫は？」

「いえ、その。ただのペットです」

「ああ、そう……」

するとティラナ(猫)が不服そうなうなり声をあげる。セシルはひそひそと彼女にささやいた。

「仕方ないでしょう？　『市警の刑事だ』とか紹介できる？」

「うにゃあ……」

そんなやり取りは気にとめず、ゴードンは自分のタブレット端末を起動してなにかのデータを閲覧し始めた。

「それでエップスさん、ご住所は？」

「え？」

「ゴミを捨てた場所ですよ。どの車両の巡回ルートか調べないと」

「ああ、そうだったわね……ええと、キャスター・ストリート、一七二番地」

ティラナ(猫)に『で、正しい？』とささやくと、黒猫は『にゃあ』と肯定《こうてい》した。

「はいはい。キャスター・ストリートね。ええと……あの辺はハンター清掃の受け持ちだったよな……。ああ、あった、あった。たぶんあそこの三号車ですよ」

「呼び出してください。いまどこにいるの？」

「待ちなさいって、いまかけますから」

ゴードンが問題の三号車に電話をかける。

「……あー、私だ。ちょっと問題があってね。いまキャスター・ストリートを回ってたんだろ？

検死局の人が来て、ゴミの中身を見たいと言ってるんだが……なに？　おいおい、待ってくれ。じゃあどこにいるんだ？　いやいや、サボってるなんて思ってないさ。本当だよ――」

ゴードンの話し方はひどく悠長だ。飛びついて電話を奪い取りたい衝動に駆《か》られたが、セシルは辛抱《しんぼう》強く待ち続けた。それでもゴードンの話題がサンテレサ・ウィザーズ（地元の野球チーム）の仕上がりに及びかけたときは、さすがにそばの机を叩《たた》いて咳《せき》払いせざるをえなかった。

「おおっと失礼……とにかくいま、WCTなんだな？　わかった、とにかく止めてくれ。それじゃ」

ゴードンが電話を切る。

「どうだったの⁉」

「ええ、いまWCTにいるそうです。作業を止めるように言ったんですが……」

「待って、WCTって？」

「ゴミ集積ターミナルのことです。ほら、あそこ」

事務所の窓から外を指さす。見ると何台かのゴミ収集車が列を作り、次々にその中身を大型の投入口に吐き出しているところだった。

「大変だわ」

セシルは青ざめた。こちらがトロトロやっているうちに、問題のゴミ収集車はこの事務所の前を通り過ぎて、今まさにその中身を焼却処分施設に吐き捨てようとしているのだ。

「あれ？　作業を止めろって言ったのに。おかしいな……」

「止めさせて！　急いで！」

それだけ叫ぶと、セシルはティラナ(猫)を抱えて事務所を飛び出した。すぐ外で立ち聞きをしていたマギーにドアをぶち当ててしまったが、もちろんかまってなどいられない。後ろから呪《のろ》いの言葉が聞こえたが、耳に入らなかった。

事務所からそのターミナルまでは、せいぜい一〇〇ヤードくらいの距離だった。だがパンプスなので走りづらい。いっそ裸足《はだし》で走ろうかとも思ったが、ゴミ処分場の前で靴を脱ぐのはためらわれた。まあ昔ならともかく、現代の処分場の敷地内はごく綺麗《きれい》なものなのだが――とにかく生理的にいやなのだ。

「うにゃあ！　にゃあにゃあ！」

黒猫が金切り声をあげる。たぶん『急げ』だの何だのと言っているのだろう。

「わかってる。急いでるわ」

半分くらい走ったところで、思い切って声を張り上げた。

「待って！　止めて！　止めなさい！」

廃棄作業は止まらない。そばの作業員も気づかない。収集車の油圧装置やゴミ投入の騒音がやかましいので、まったく聞こえないのだろう。

近づくと、問題の三号車はすぐにわかった。清掃会社のロゴのすぐ横に大きく『3』の数字がある。そしてその三号車が——車体後部のカーゴを思い切り屹立《きつりつ》させて、その中身を盛大に投入口の中にぶちまけているところだった。

「あああっ……！」

「にゃあっ……！」

セシルは荒い息で駆《か》けより、車両の横でカーゴを操作していた作業員の腕をつかんだ。

「止めて！　ねえ聞こえないの!?　いますぐ……ああっ、もう！　止めてちょうだい！」

「え？　なに？」

作業員はぎょっとして、すぐに車両の停止ボタンを押した。騒音がかき消えたところで、運転席に座っていたもう一人の作業員が叫ぶ。

「おーい、ストップ！　ストップだ！　いまゴードンから電話があって、なんか大事なものが紛《まぎ》れてたとか……」

遅い。手遅れだ。

いまや収集車のカーゴの中身は、ほとんどからっぽだった。

セシルは特大のゴミ投入口に駆けより、その下をのぞき込む。舞い上がる埃《ほこり》と悪臭で咳《せ》き込みそうになったが、換気設備が強力らしく、すぐに埃は穴の脇《わき》に吸い込まれていった。

投入口の中は広大な縦穴だった。ＵＦＯキャッチャーを巨大にしたようなクレーンが自動で動き、飲み込んだゴミをせっせと奥へと運んでいく。ここから向こうの処分施設にゴミが送られ、分別や焼却の処理が行《おこな》われるのだろう。

「ああ……ティラナ、ごめんなさい。もうどうにもならないわ……」

「うにゃあっ！」

セシルの手の中から、ティラナ（猫）が飛び出した。脚が悪いはずなのに、驚くべき敏捷性《びんしょうせい》だ。

「ティラナっ!?」

黒猫はそのまま廃棄穴に飛び込み、薄汚れたスロープを軽快に滑ると、そのまま無数のゴミに紛れて見えなくなった。

さいわい、ＳＭの女王様は凍死していなかった。

たたき起こして画像を突きつけ、まあオニールよりはマシな証言が得られたところで、上司のジマー警部に電話する。面倒な段取りをつけてから車を急がせ、ファーガルドの港湾区へと向かう。途中でＣＢＰのヘルマンデス捜査官に電話して、近くのハンバーガー屋で会う約束をとりつけた。早めの昼飯を食べたあの店だ。

店に到着して待つことしばし、ヘルマンデスがやってきた。

予想はしていたが、ヘルマンデスはひどく不機嫌だった。

「それで？　押収品《おうしゅうひん》は回収できたのか」

「ああ。車に置いてある」

もちろん嘘《うそ》だ。だがマトバがのんきにそう言うと、ヘルマンデスはさらに苛《いら》ついて身を乗り出した。

「だったら、さっさと押収品倉庫に納入してくれ。こんな場所で油を売ってる場合なのか？」

「そう言うなよ。その前に確認したいことが山ほどある」

「なに？」

「きのうの手入れの件だ。あれはもともと、こちらが入手したタレコミだったのは知ってるだろ？　それであの後、いろいろと確認をとったわけなんだが……」

「回りくどいな。用件をいえ」

「いいのかい？　あんまりいい話じゃないんだが……」

するとヘルマンデスは眼鏡《めがね》をかけ直し、唇《くちびる》を一文字《いちもんじ》に引き結んだ。こういう顔を、マトバはよく知っている。なにかをおそれ、覚悟した顔だ。

「じゃあ言うよ。あんた、密輸業者とグルだな？」

「…………」

「いや、グルっていうほど悪質じゃない。あんたの経歴を見たが、きれいなもんだ。真面目《まじめ》に仕事を勤め上げてる。立派なもんだよ」

ヘルマンデスがマトバをにらみあげた。

「なにが望みだ？」

「きれいな仕事だよ」

もうおふざけはなしだ。マトバはごく真面目な顔で、ヘルマンデスの目をのぞきこんだ。

「もうわかってるんだ。セブン・マイルズのクラブで密輸業者と会ってたな？　タレコミ屋にあんたの顔写真を見せたんだ。会話の内容は知らないが――想像はつくよ。あんたは脅《おど》されてる」

「なんのことだかわからんな」

「そうか。それならそれでいい。だがもうおしまいだよ」

どんな弱みかは知らないが、ヘルマンデスは誰かに脅されている。頼んで調べてもらったところ、ここ半年で、ＣＢＰだけでなく税関当局で奇妙な不手際が多発しているのがわかった。押収品の扱いがおかしかったり、取り締まるべき人物があっさり釈放されたり。普通なら気にしないくらいのものだが、書類を熟読すれば気づくくらいの、そういう内容だ。

「あんたが便宜《べんぎ》を図ってたんだな？　捜査の情報を漏《も》らしたり、押収品の書類を操作したり。これまでは目立たないようにやってたが、きのうの手入れは予想外だった。あんたも焦《あせ》っただろうが、もっと焦ったのはその密輸業者だ。あんたに『どうにかしろ』と言ってきた。まあ、あんたなりにあれこれ手は尽くしただろう。飛行機に乗ってた二人を手引きして、車を用意して逃がしたりな。そんなところだろう？」

「意味がわからない。私は知らない」

「さっきゴランビザの郡警察から連絡があった。二人とも捕まえたそうだ」

「なに？」

ヘルマンデスが眉《まゆ》を上げた。

「きのうの飛行場ではひどいもんだったが、連中、意外にいい仕事をするね。管轄《かんかつ》のぎりぎりで、捜査線に引っかかったそうだよ。地球人のパイロットとセマーニ人の助手の二人。口の軽い奴《やつ》らみたいでね。逃走用の車を用意してくれたのはヒスパニックの背広の男だとかなんだとか……。まあなんだ、ヘルマンデス捜査官どの。時間の問題だったんだ。潮時《しおどき》なんじゃないのかね」

「…………」

ヘルマンデスは、もう冷静な仮面をつけていなかった。緊張で首筋に力が入って、拳《こぶし》が小刻みに震えている。こういう稼業《かぎょう》をそれなりに長くやっているから、マトバには彼の心の動きがよくわかった。

やはりこうなった。もうおしまいだ。どうやって切り抜ける？　いまならまだ巻き返せる。行動だ。行動しろ。行動を――。

「……っ」

その後の両者の動きは一瞬だった。

テーブルの向こうで、ヘルマンデスの右手がすべるように右腰へと動く。右腰——彼の右腰には、サファリランドのヒップ・ホルスターと拳銃《けんじゅう》のグロック40が収まっている。きのうちらりと見たので覚えていた。マトバは彼の右腕の動きを完璧《かんぺき》に読みとり、引き抜かれたグロックの銃口がこちらを向く前に、左手で彼の手首をとってテーブルに叩《たた》きつけた。

「っ！」

同時にマトバの右手は、自身の左腋《わき》の下——テッドブロッカーのショルダー・ホルスターに収まったP226のグリップをしっかりと握っている。まだ抜いてはいない。だが必要なら抜くし、さらに必要なら撃つだろう。相手の右手をハンバーガーのサイドメニューの上に押さえつけたまま、そうできる。

「やめろって」

ぎりぎりと相手の手首を締め付けながら、マトバは言った。

「俺《おれ》を撃ち殺して、後からあれこれ罪を擦《なす》り付ける気か？　それとも、その場しのぎでここから離れて、どこか南米やら東南アジアやらに逃げる気か？　どっちにしても、うまくない。そんなことは不可能だよ。いいか、捜査官どの？　不可能なんだ」

「見逃《みのが》して……くれ」

すべてを察したのだろう。震える声でヘルマンデスが言った。グロックを握った右手からも、みるみる力が失われていく。

「頼む。見逃《みのが》してくれ。……こういう稼業《かぎょう》だ。ストレスがきついのはわかるだろう？　それで……何度か女を買っただけなんだ。だがその写真を撮られて強請《ゆす》られて……職場の連中に見られるのはまだ我慢できる。軽蔑《けいべつ》はされるだろうが、理解はしてもらえる。だが……妻と娘にはどう説明する？　白々《しらじら》しく聞こえるだろうが、本当に愛してるんだ。家族に見せると脅《おど》されたら、耐えられなかった。どうにもならなかった」

そんなところだろうとは思っていた。

こいつは真面目《まじめ》なだけだ。だから問題だったのだろうが――。

「すまんが、それはできない」

マトバは言った。あいにく、彼も真面目な刑事だった。

「だが、いまあんたがやろうとしたことは黙っておいてもいい。なるべく有利な証言もしてやる。それは約束する」

「ああ。感謝すべきなんだろうな。なあ、私はもうおしまいなのか……？」

「さあな。あんたの人生だ。あんた次第だろう」

ヘルマンデスは自分の拳銃《けんじゅう》を、もう握ってすらいなかった。マトバは自然な仕草で、彼の拳銃を取り上げて無造作《むぞうさ》にポケットに放り込んだ。グロックは安全な銃だ。これくらい雑な扱いでも暴発の危険はない。

「なあ、ヘルマンデス。それはさておいても……せめて、あんたを強請《ゆす》った相手に報《むく》いは受けさせてやるべきじゃないのか？」

　あの飛行機に乗っていた二人組――ついさっきゴランビザの郡警察が捕まえた奴《やつ》らは下っ端《ぱ》だ。そう大したことは知っていない。

　問題はその上の奴――ヘルマンデスに直接会って、脅し、その場面をオニールたちに目撃された奴だろう。その男のことは、いまだにまったくわからない。知っているのはヘルマンデスだけだ。

「いかにも刑事らしい脅しすかしだな。だが、乗ってやろう。たしかに奴は報いを受けるべきだ」

　ヘルマンデスが力なく言った。

「助かるな。それで、どんな奴なんだ？」

「よくは……知らん。『ジョン』と名乗る東洋人で、どこかの美術商のエージェントだと名乗っていた。セマーニ世界からの美術品を仕入れることにご執心《しゅうしん》で……。たまには違法なものも扱うと」

「きのうの押収品《おうしゅうひん》は、がらくたばかりだったぞ」

「だったら私を脅す必要がどこにある？　がらくたにはセマーニ世界特有の『魔法的物品』がいつも含まれていたんだ。税関に記録され、宇宙人どもに見られては困る物品だよ。そうした正規のルートを避けたいときに、私にお呼びがかかるわけだ。きのうもそれで済むはずだった」

ところが、オニールのタレコミですべてが台無しになった。予定は大幅に狂い、ヘルマンデスはうまく立ち回ることができなくなって、マトバのような鬱陶《うっとう》しい刑事が嗅覚《きゅうかく》を働かせ、こんなことになったというわけだ。

「本当に魔法が使えるなら、一見がらくたでも……そう、とてつもない値がつくだろう。『ジョン』は多数の無益ながらくたの中に、そういう本物の宝物を忍ばせておくことを好んだ」

「なるほど……いや待て、わかったぞ。だとしたら、けさあんたが急《せ》かしてきた未発見の押《おう》収品《しゅうひん》というのは……」

「ああ、そうだ」

ヘルマンデスがうなずいた。

「その『ジョン』という東洋人から急かされていた品物だ。セマーニ世界の常識でも武器とは呼べないような小さな弩《いしゆみ》。それにいかがわしい魔法がかけられているらしい。どんな魔法かは知らないが、ジョンはひどくその弩にご執心《しゅうしん》だった。あんたが納入した押収品の中に、その弩がないことを知って、ジョンは大変怒っていたよ」

「弩ね……。そんながらくた、あったかな……」

「あったはずだ。いや、必ずあった。きのうの手入れのときはあったんだ。それが……故意かどうかは知らないが、あんたがなくしてしまった。ああ……すまないんだが、ジョンはあんたの住所も知っている」

「なに？」

「私が流したんだ。つい一時間前」

「おい……」

「だから――それは気の毒だと思うが、彼はいまごろ、あんたの家に向かっていることだろう。あんたの家に侵入し、無遠慮に家捜《やさが》しをしようとしているはずだ。……あんたは独身かね？」

「ああ」

「ならまだ良かった」

　ヘルマンデスは言った。

「もしあんたの家にだれかがいたら、たぶんジョンはその相手を殺すだろう。それくらいのことは平気でしそうな奴《やつ》だから」


　焼却施設の制御室は、あのゴードン氏とは別の管轄《かんかつ》にあるため、即時の操業停止を訴えても聞き入れてもらえなかった。

　セシルのでっちあげた話――血痕《けっこん》付きの重要証拠《しょうこ》という件がまた裏目に出た。

　彼女が駆《か》けつけた制御室の管理官は、ゴードンほどのんきでも迂闊《うかつ》でもなく、すぐに『だったら検死局に問い合わせる』と言ってきた。

　その管理官は五〇過ぎの大柄な男で、焼却場の管理よりは軍事施設の警備隊長でもやっていたほうが似合っているようなタイプだ。いや、もしかしたら本当に元軍人かもしれない。そういう男——しかも自分の父親でもおかしくないくらいの年の男が、注意深い目でこちらの話を疑っている。

セシルは内心でうろたえた。

人助けのためとはいえ、職権を乱用して虚偽《きょぎ》の話をし、操業を妨害しようとしたことが明るみに出れば、彼女の立場もただでは済まない。

（ああ、無理。これは言いくるめられないわ……）

せめてもの慈悲なのだろう。電話の前で、管理官はもう一度『問い合わせてもいいか?』と訊《たず》ねてきた。セシルは途切れとぎれに『いえ……やっぱり……やめて』だのと答えるしかなかった。

「それでいい、お嬢さん」

管理官——名札にはパウエルとあった——は腕組みして、鼻をふんと鳴らした。

「とにかく、こうしている間にもゴミはじゃんじゃん街中から運ばれてくるんだ。一度操業を停止したら、大混乱になる。どんな思い出の品だったか知らないが、諦《あきら》めることだ」

「でも、猫が……！　そう、猫よ！　かわいそうな黒猫がゴミのピットに飛び込んじゃったの！」

「はあ?　なんで猫なんかがここにいるんだ」

「それには事情があって……ああっ、とにかく、せめて猫を助けたいの」

「どういうことだ、まったく……」

管理官は電話をとって、投入口のそばにいる作業員に連絡した。何度か短い受け答えをして、すぐに切る。

「うーん、どうやら本当のようだな」

「そう。そうなのよ！　なんとか止めてちょうだい」

「それはできん」

パウエル氏はきっぱりと言った。

自分が銃《じゅう》を持っていなくてよかった、とセシルは思った。もし銃を持っていたら、パウエルを脅《おど》して緊急停止を強要するくらいのことはしたかもしれない。まあ、銃なんて弾道《だんどう》検査や線《せん》条痕《じょうこん》の検査の実習で触ったことがあるくらいなのだが。趣味で撃ったことは一度もないし、ケイの銃にも触れたことがない。

「そっ……」

「かわいそうだが、その猫はもう生きてはおるまい」

「なんですって？」

青ざめたセシルに、パウエル氏はこんこんと説明した。

「この施設にはゴミの投入口が一二ある。規格の異なる収集車のためでもあるし、混雑をさけるためでもある。とにかく、あちこちからどんどんゴミが放り込まれるのだ。地下のピットに落ちたゴミが、すぐに焼却炉《しょうきゃくろ》に運ばれるわけではないが――その猫の上にもゴミが降り注ぐことだろう。紙くずや生ゴミだけじゃない。金属や建材、家具や割れ物もたくさん含まれている。それが何トンもだ。生き残ることはまず不可能だろう」

さきほどティラナ（猫）が飛び込んだ投入口の奥には、巨大なピット――ゴミ溜《だ》まりがあった。街で集められたゴミは、一度そのピットに集積され、大型のクレーンでコンベアに運ばれ、その後いくつかの自動分別装置を通ってから、焼却炉に送られる。その集積スペース――ちょっとした高層アパートくらいの容積はある長方形のピットを両側から挟むようにして、六個ずつの投入口が設けられ、ほとんど絶え間なくゴミがそそぎ込まれるのだ。事実あのときも、セシルがいた投入口以外からはほかの収集車がゴミを放出していた。

あれを上から叩《たた》きつけられたら、人間でもよくて大怪我《おおけが》だ。猫のサイズならひとたまりもないだろう。

「そんな……」

茫然自失《ぼうぜんじしつ》のセシルを見て、パウエル氏はいくらか同情したのだろう。気まずそうにきょろきょろしてから、そばの制御卓《コンソール》を操作した。

「まあ、なんだ。いちおう、その猫を捜してやろう。各ラインのあちこちに監視カメラがあるから、もしかしたら……遺体くらいなら見つかるかもしれないしね」

「頼みます……」

猫の検死なんてやったことないのに。どうしよう。

そんなズレた考えのまま、セシルは自分の電話を取り出し、のろのろとプッシュした。相手はケイ・マトバだ。ティラナからの頼みとはいえ、最初から彼に相談しなかったことがひどく悔《く》やまれた。

すぐにケイが電話に出た。

『よお、セシル。どうした？』

「ケイ。あのね、ティラナのことなんだけど……」

『ああ。あいつがどうした？』

「…………」

『なんだよ？　いま運転中なんだ。しょうもない事件でバタバタしてて……ちょっと急いでるんだ』

「ねえケイ、落ち着いて聞いてね？」

『？　ああ』

それからセシルは、かいつまんできょうの出来事を話した。

仕事中にティラナに呼び出されたこと。彼女とクロイの心が入れ替わってしまったこと。そのきっかけになった弩《いしゆみ》を探してゴミ処理場まで来たこと。それからの顚末《てんまつ》。

「信じられないと思うけど、本当なの。……ねえ、ケイ。たぶん、ティラナはもうダメだと思うわ。わたし、どうやって償《つぐな》ったらいいのかしら。こんなことになるなんて――」

涙声でそう言ったが、電話の向こうのケイ・マトバは妙に納得したような声だった。

『うーん。オーケイ、魔法だな、信じるとしよう』

彼は苦もなく言った。なにしろティラナの相棒だ。その辺は自分なんかよりもよほど適応しているのだろう。ちょっと前までの彼ではありえないことでもあったが。

『だが、だとしたらヤバいことになった。俺《おれ》の家に残っているのは、中身がクロイのティラナってことになる。今朝《けさ》から変だと思ってたんだ』

「ええ。で……でもいい子にしてるはずよ？」

『そうじゃない』

いまや、ケイの声は切迫していた。

『いい子なのが問題なんだ。ティラナなら、『ジョン』が来たって返り討ちにすると思ってたのに――ヤバいぞ、これは』

電話の向こうで聞こえてくるエンジン音が、さらに高まった。アクセルを踏み込んだのだろう。声にもノイズが入ってきて、前よりブッ切れで聞き取りづらくなってくる。

『とにかく急がないと。セシル、また後で電話するよ』

「待って、ケイ!?　でもこっちのゴミ処理場の……クロイの体のほうが――」

『え？　あー、そっちは心配ないって。中身はティラナなんだろ？　だったらどうにかしてるさ』

それきり電話は切れてしまった。

こちらの問題は、まったく心配していない。

(ティラナならどうにかしてるさ、猫の体でも)

その反応こそ、この日セシルが感じたいちばんの衝撃だった。そんな魔法の存在よりも、よほど意外なひとことだった。

「ケイ……」

まあわかる。きっとケイは、わたしとの昔の関係もすこしだけ考えて、『ティラナなんて心配してねえよ』と言いたかったのだろう。わたしを傷つけないように。でも、それが彼の彼女に対する信頼の強さをはっきり表明していることにまでは、考えが至っていない。それもまた鈍感《どんかん》な彼らしい。

ティラナはいい子だ。

それに、ケイとそういう関係にはなりそうもない子だ。

全部わかっているけど――でも、やっぱり、のんきに笑顔でいられない。どうしても汚いドロドロとした気持ちがあふれ出てくる。そんな自分がいやになるし、どうしたらいいのか悩みもする。そもそもケイには未練がない。彼はわたしには無理だと思って別れた。だけど――。

「いたぞ!　猫だ!」

モニターと制御卓《コンソール》に悪戦苦闘していたパウエルがそう叫んだとき、セシルは九九パーセントの『良かった』という気持ちと共に、一パーセントの『ああ、残念……』も感じてしまった。

そんな自分を、セシル・エップスは強く恥じた。


猫の目だろうと、さすがに英語は読める。

なにかの間違いで、あのゴミ投入口から集積用のビットに、人間が落ちたとしても避難場所くらいは用意しておくだろう。だからその場に設けられた『緊急用の待避エリア』に飛び込むのは、大して難しいことではなかった。

なにしろ自分は猫ではない。れっきとしたセマーニ人なのだ。このくらい、造作《ぞうさ》もないのである。

あたりにはすさまじい量のゴミがそそぎ込まれている。あれを頭上から食らっていたら一巻の終わりだっただろう。ひどい臭《にお》いだ。吐き気がしてくる。とにかくティラナ(猫)は雹《ひょう》や豪雨から逃《のが》れるように、避難エリアに逃げ込んで、そこから問題の弩《いしゆみ》を捜した。

見つからない。

なにしろここはゴミの海だ。すべての色、すべてのシルエットが渾然一体《こんぜんいったい》となって、入り交じり、波うち、醜悪《しゅうあく》な怪物のようにうごめいている。どれだけ集中しても、あんな小さな弩を見つけることはできそうになかった。

（いや――）

よく考えろ。あの収集車から落とされたゴミは、この中でも限られている。ちょうどいま自分がいる狭苦しい横穴からほんのすぐそこだ。

目に頼っていてはいけない。もともと猫の目は大してよくない。感じ取れる色も限られている。

匂《にお》い――そう、『匂い《ブラニィ》』だ。

鼻を使ってはいけない。ラーテナをもっ、っ、っ、っ、っと奥で嗅ぎ取るのだ。猫だけど、できるはずだ。ラーテナは体で感じるものではない。心で観《み》るものなのだから。

やってみれば、そう難しくはなかった。

なにしろここはひどい臭いだ。鼻なんてもはや役に立たなくなっている。魔力を秘めた物品の痕跡《こんせき》。ほのかな『匂い《ブラニィ》』が、ゴミの中から感じられた。やはりあの辺りだ。まだ深くはない。どうにかあそこから掘り返すことができれば……！

そのとき、頭上から轟音《ごうおん》がした。

巨大なクレーンが降りてくる。伝説に出てくる巨竜の腕みたいだった。四本の爪《つめ》がめいっぱいに開かれ、ゴミを鷲摑《わしづか》みにする。その中には、どうにか嗅《か》ぎ取った『匂い《ブラニィ》』の元も含まれていた。

（まずい……！）

もはや躊躇《ちゅうちょ》はしていられなかった。ティラナは、ピット内のキャットウォークを全力で走り――後ろ脚がひどく痛んだ――今にも空中につり上げられようとしている爪《つめ》の上に跳躍した。

（届け……）

間一髪で、機械でできた爪の一つ、その関接部分に前脚が届いた。自分の爪がどうにかひっかかる。勢いに任せて、体をたぐり寄せるようにしてクレーンの上へよじ登る。

ワイヤーがきしみ、はげしく揺れた。クレーンは大量のゴミを抱えたまま、みるみる高度を上げていく。ほんの数秒でビルの五階分くらいは上がっただろうか。そのままクレーンは横移動をはじめ、ピットの端に設けられていた大型の投入口にゴミをぶちまけた。その下は大型のベルトコンベアだ。ティラナもすぐそばの鉄骨に飛び移り、あわてながらベルトコンベアに降りていった。

ゴミが奥へと運ばれていく。

ティラナの知識では詳しいことはわからなかったが、地球人のゴミは木や紙、金属やガラスなどに分けられてから燃やされることくらいは聞いていた。このベルトコンベアに載ったゴミはまだ分別前だ。これからこの巨大な機械の中で、複雑怪奇な分別作業が行《おこな》われるのだろう。

ベルトの上をゴミと一緒に運ばれながら、ティラナは匂い《ブラニィ》を捜し求めた。

まだあるはずだ。どこだ。どこにある――。

（あった……！）

使用済みの缶詰やガラス瓶《びん》の山、その向こうからラーテナを感じた。

後ろ脚の痛みを無視して、ゴミの中を突っ走る。紙くずとペットボトルに半ば埋もれるようにして、あの弩《いしゆみ》があった。ティラナは飛びつき、べたべたに塗《ぬ》れた紙くずの中から弩を引っ張り出そうとする。前脚ではうまくいかなかった。胸がむかつく気分だが、口で嚙《か》みくわえて引きずり出す。

クロイの体は小さい。ドリーニの拳銃《ハンドガン》と同じくらいの弩なのに、それでもひどい重さだった。これをくわえて自由に動くなんて、とても無理だ。

「ふーっ……！」

そこでティラナは重大な危機に気づいた。

いま、がたがたと動き続けるベルトコンベアの上に、彼女と弩はある。そのベルトコンベアの先には、ゴミの粉砕《ふんさい》装置があった。無数の刃が高速で回転し、コンベア上のゴミを残らず粉々に砕いている。中古のテレビや、本棚などの家具。そうした頑丈なあれこれさえ、一瞬でばらばらに引き裂いている。

（まずい……！）

弩をくわえたまま、ティラナはコンベア上を逆方向に逃げようとした。何度ももたつく。うまく走れない。コンベアの速度にはとうてい勝てない。

背後からみるみる粉砕装置が近づいてくる。

（どこかに脱出路は……!?）

脱出路。あるにはあった。

粉砕《ふんさい》装置のすぐ手前に、はしごが見える。そこを昇れば、人間用の整備通路に出られるだろう。ただしそのはしごはあくまでメンテナンスをする人間のためであって、処理施設に迷い込んだ猫のためではない。飛びついてよじ登ることはできるだろうが、こんな重たい弩《いしゆみ》をくわえたまま、それができるかどうか——。

粉砕装置の轟音《ごうおん》が、背後からどんどん近づいてくる。

すさまじい駆動《くどう》音。耳をつんざくカッターの高音。ずたずたになるゴミたちの断末魔。

急げ。急げ。あのはしごに飛びつけ——。

ティラナは走る。だが後ろ脚が痛い。痛くて痛くて仕方ない。クロイは事故にあってケイに引き取られた猫なのだ。そもそも障害がある。いや、満足な脚の猫でも、このコンベアを、この弩をくわえて走るのは難しい。ひどく難しい。

ましてや、弩をくわえてはしごにとびつくなんて——。

高速回転のブレードが迫る。

もう無理だ。巻き込まれてバラバラにされる。だがこの弩を諦《あきら》めれば、まだこの体——かわいい黒猫の体だけは救うことができる。

（ああ……!）

ティラナはあきらめ、決断した。

重くて仕方なかった弩を放し、全力でコンベア脇《わき》のはしごに飛びつく。

直後、魔法の弩がコンベア上を転がり、その他の大量のゴミと一緒に粉砕装置に砕かれた。

舞い上がる粉塵《ふんじん》に紛《まぎ》れて、ばらばらになるその瞬間さえ、ティラナは見ることができなかった。

終わった。

細かく刻まれたゴミは、これから自動分別装置を通って、その後すさまじい高熱で焼き尽くされることになる。あの弩を構成する鉄の部分は、丁寧《ていねい》に電磁石で吸い寄せられ、木の部分はそのまま焼かれる。プラスチックやガラスの部品はないだろうから、その辺の理屈は知らない。

とにかくあの弩は、ばらばらになった。二度と戻らない。

はしごの奥には、猫一匹がうずくまるくらいの空間があった。ティラナはその隙間《すきま》に身を寄せ、へたり込み、これから始まるみじめな毎日について思いを馳《は》せた。

ひどい醜態《しゅうたい》をさらす自分の体を横目に、猫として生きねばならないのか。床に置かれた皿から水を飲み、キャットフードをむさぼる。一日のほとんどをあの狭い部屋で過ごし、家族に手紙を書くこともできず、水道の蛇口をひねるのにさえ人に頼まねばならなくなる。

視界が狭まった。

耳鳴りがした。

気が遠くなった。

このまま気絶してしまうのだろうか？　そう思った直後、彼女はどこかへ運ばれるのを感じた。狭い――ひどく狭い管の中を、自分の意識が圧縮されて、ぐちゃぐちゃになって通り抜けるような感覚だった。昨夜、あの弩《いしゆみ》に射られて倒れたときも、こんな感じがした。

魔術《ミルディ》の源、ラーテナが自身を包み込んでいる。

瞬間、クロイの不安そうな鳴き声が聞こえたような気がしたが、それもわずかの間だった。ゴミ処理場の騒音はどこか遠くへと遠ざかり、よく知った懐《なつ》かしい音――湾内の海に面したニューコンプトンの倉庫街、その自宅の窓から漏《も》れてくる、あの静かなざわめきが聞こえてきた。

爪《つめ》を出し入れできる肉球つきの前脚が、しなやかな五本指の手へと変わる。

不自由だった後脚が、自由に大地を蹴《け》る二本の足へと変わる。

猫の目では見えなかった赤い色が、いまでは知覚することができた。そう、この目は人間の目だ。いやそれだけではなく、わたしの目だ。

（なに……？）

彼女が最初に見た赤は、目の前でナイフを持っている男の赤色だった。

紅潮《こうちょう》した唇《くちびる》。血走った白目。腕にあるひっかき傷。トレーナーに描《か》かれた赤い文字。

知らない男だ。東洋系か。その男が、こちらにナイフの切っ先を向け、なにかを怒鳴っている。興奮。怒り。侮《あなど》り。男という生き物が、女に向ける醜悪《しゅうあく》な感情。そのすべてがそこにあった。

最初、ティラナには男の言葉がうまく聞き取れなかった。猫の耳が捉《とら》える波長とは違ったからだ。

まったく知らない、どこか異世界の言語を聞いているような気分だったが、それも数秒で変わった。ファルバーニ語ではなかったが、少なくともこれは英語だった。

『このくそがき！　くそあまめ！』

男は彼女をののしっていた。

『おとなしく弩を出しやがれ！　知ってるぞ。どこかに隠してやがるんだろう!?　そんなふうに、めそめそ泣いたってごまかされねえ。おめえ、俺《おれ》を舐《な》めてやがるな!?』

視界の中で、ピントが次第に回復してくる。

ここは自分の家、自分とケイのリビングだ。よく見知った天井と家具が輪郭《りんかく》を取り戻す。

（これは……？）

自分の体に戻ったのだ。理由はわからない。だが、これは――。

「ダーシキーナ・キゼンヤ！」

ティラナは歓喜の声をあげた。キゼンヤ神をたたえる最上級の語句をもってしか、この気持ちを表す術《すべ》はなかった。

おお、キゼンヤよ、感謝いたします。なにがなんだかわからないけど、とにかくわたしは幸せです。きっと野蛮人の土地で朽《く》ちるしかないこの身を、あなたの慈悲と御心《みこころ》が救ってくださったのでしょう。

「ダーシキーナ・キゼンヤ！　ダーシキーナ！」

何度も叫び、両手で自分の頰《ほお》をさする。

体のあちこちが痛かった。小さな擦《す》り傷と軽い打ち身くらいだが、なにをされたのか想像はつく。おそらく目の前の男に何度か殴られ、突き飛ばされたのだろう。

「……いきなり、どうしたってんだ？」

男はきょとんとしていた。さきほどまでの興奮した様子はいくらか静まり、困惑した様子で彼女を見つめている。

何者なのだ？　なぜわたしの家にいる？　なぜわたしを——いや、クロイを叩《たた》いていた？

「おい。気がふれちまったのか？　しっかりしな、こら。おとなしくブツを出すんだ」

男が彼女の髪を摑《つか》んで、ぐいっと引っ張る。

「ブツさえ出せば、乱暴はしないでやる。いや……それどころか、ちょいとお楽しみを味わわせてやってもいいぜ。え？　ずいぶんといやらしい格好しやがって……へへっ」

「触るな」

「なに？」

怒りの強さがすさまじかったのか、詠唱《えいしょう》もなしで筋力増加の術《ミルディ》が使えた。軽く手を払いざま、右足を鋭く蹴《け》り上げる。ぐにゃりといやな感触。爪先《つまさき》が男の顎《あご》にめりこんだ。だがすぐに気絶させたくはなかったので、すこし打点をずらしてやった。

「っ……ぐっ!?」

男が尻餅《しりもち》をつき、顎を押さえ、後ずさる。

その間にティラナは手近に落ちていたバスタオルをさっと拾い上げ、丸裸《まるはだか》だった下半身に巻き付けた。まだなにかされてはいなかったようだ。危ないところだった。

だが、許せぬ。この男は見た。わたしの大事な……その、お尻とかを見た！

生かしてはおかぬ！

「強盗だか何だか知らぬが……覚悟するがよい」

恥ずかしさと悔《くや》しさで目尻に浮かんだ涙をぬぐい、ティラナは宣言した。

「な、なにを……？　おいやめろ。おめえみてえな小娘が――」

こめかみに蹴りを入れる。男がのけぞり、壁にぶち当たる。手にしたナイフはどこかに飛んでいってしまった。

「ぐはっ……」

喉頸《のどくび》を掴んで持ち上げる。男がじたばたと四肢《しし》を振り回す。

そのまま柱に叩きつける。二回、三回。筋力増加の術《ミルディ》は絶好調。いまならブ、プロレスラーと腕相撲《うでずもう》したって勝てるだろう。

「た、助け──」

「助けぬ」

へたりこんだ男の足首を摑《つか》む。そのままズタ袋かなにかのように空中に引っ張り上げ、床に叩《たた》きつける。二回、三回。いいリズムだったので、四回目もいく。

「やめ……て……」

「やめぬ」

もう一度胸ぐらをつかんで強引に立たせ、胴の中心に連打を叩きこむ。肋骨《ろっこつ》が何か所かいった感触。

だがやめない。男は哀れな悲鳴をあげたが、彼女はちっとも楽しくなかった。叩き潰《つぶ》したはずのゴキブリが、じたばたと暴れるのを楽しむ者がいるだろうか？

「ひいっ……あっ……許して……」

「よく聞け、男！　貴様《きさま》のようなウジ虫に、我が長剣《クレーゲ》を使うわけにはいかぬ！　このまま殴り殺すからそのつもりでいろ！」

「そんな……！」

「あと、ここで死なれると後始末が面倒だ。下に行くぞ。ガレージなら貴様の脳みそが飛び散っても、すぐに洗い流せるから」

「助けて、だれか！　助け……！」

泣き叫ぶ男を引きずって、部屋を出ていく。階段から放り投げてやると、男はあちこちにぶつかりながら転げ落ち、這《は》うようにして逃げようとした。

「ふん」

三段飛ばしに階段を降り、ガレージを見回す。ケイが機械いじりや日曜大工に使う工具類を納めた棚が目に付いた。ちょうどいいものは……あった。アルファベットで言うところのLの字形の鉄製工具。なぜかケイは『バールのようなもの』と呼んでいた。

（バールではないのか？）

（よく知らん。とにかくバールのようなものなんだ）

と、彼は言っていた。

まあ、名前などは何でもいい。

鼻血で顔を真っ赤に染《か》め、すすり泣き、這い回る男に歩み寄りながら、何度か素振《すぶ》りする。

うむ。よい重さだ。実にいい。

「言い残すことはあるか？」

「やめ……助け……」

「まあ、あっても聞いてやらぬ。さっさと死ね。名もなく、虫けらっぽく、尊厳《そんげん》のかけらもなく死ね」

セマーニ人特有の酷薄《こくはく》な目つきで言うと、彼女は工具を振りかぶった。

「ひっ……」

「では行くぞ。ベーヤダ神の災《わざわ》いあれ！」

「わ、あああああ……!!」

「おい、殺すな！」

その怒鳴り声があと一秒遅かったら、男の頭蓋骨《ずがいこつ》は無惨《むざん》なことになっていたことだろう。かろうじてティラナの凶器が横に逸《そ》れ、男の耳と髪をかすめて、なにもないコンクリートの床に打ち付けられた。

「……っ」

見ると、男の進入路である路地側の通用口に、ケイ・マトバがいた。手にはいつもの自動拳《けん》銃《じゅう》。用心のために抜いていたらしく。さすがにこちらに銃口は向いていない。

「ケイ？」

「ティラナなんだな？」

ケイが言った。周囲を見回してから銃をしまい、代わりに腰から手錠《てじょう》を取り出す。

「セシルから聞いたんだ。妙な魔法でクロイと入れ替わっただのなんだの……」

「わたしを……助けに？」

「まさか。クロイを助けにきたんだ。この男――例の密輸を取り仕切ってた奴《やつ》が、うちに家《や》捜《さが》しに来るのがわかってたな。ヤバいだろ。で、留守番してるのがいつものおまえなら、なんの心配もなかったんだが……」

　手錠をかける前に、ケイは男の体をあちこちまさぐり、そのたび『うわっ……』だの『こも折れてる……』だのとつぶやいた。

「ひでえな、半殺しじゃねえか」

「全殺しにするつもりだった。正当防衛だ」

「法廷で言ってみろよ。こいつの弁護士が喜ぶぜ」

　ケイは顔をしかめると、手錠をしまって携帯電話を取り出した。この男に必要なのは、手錠ではなく救急車だと判断したのだろう。

　手短に救急車を呼んでから、ケイは男の顔を寄せて、つぶやいた。

「あー、なんだ。気の毒だが、住居侵入と傷害の容疑で逮捕《たいほ》する」

「婦女暴行未遂《みすい》もだ」

　口を挟むと、ケイはティラナをちらりと見て、なんとなく気まずそうに目をそむけた。

「いいからさっさとまともな格好してこい。パトカーと救急車がくるぞ」

「え？　あ、うん……」

　ティラナはようやく自分の服装に気づいた。腰に巻きつけたバスタオルが、ほとんど外れかかっている。キャミソールも大きくずれて、胸元がほとんどあらわになっていた。

「ええと、とにかくだ。……お前には黙秘権がある。あらゆる陳述《ちんじゅつ》は裁判で不利な証拠《しょうこ》となりうる。またお前には――」

ケイが毎度の『ミランダの誓い』なる珍妙な文句を聞かせている間に、彼女はそそくさと自分の部屋へと退散した。


一〇分後、救急車とパトカーが来て、半殺しの目にあった男を連行していった。

ニューコンプトンのこの界隈《かいわい》を担当する二二分署のパトロール警官は、『押し入られた部屋の中を調査したい』と言ってきたのだが、ファルバーニ様式の装束《しょうぞく》に着替えてきたティラナが、うだうだと理由をつけてそれを拒絶した。もちろん法的には彼女にそんな権利はない。あとあと面倒なことになるのは明白な上で、彼女はそれをいやがっているのだ。

けっきょく、その警官はマトバとも顔見知りだったので、不服そうではあったが大目に見てくれた。

ここが住宅街ではないのはありがたかった。おかげで自宅の前に集まる野次馬《やじうま》の数は最小限で済み、パトカーが去って数分とたたないうちに、付近にはいつもの静寂が戻ってきた。

とにかく二人でほっと一息ついて、とりあえず茶《ライテ》やらコーヒーやらでも飲むか、という話になって、二階のリビングに上がっていった。

「ああっ……マジかよ。くそっ」

リビングの惨状《さんじょう》を改めて見渡し、マトバはため息をついた。

ひどい散らかり方だ。あの『ジョン』とやらとティラナの格闘の痕跡《こんせき》だけではない。ＣＤが丁寧《ていねい》にぶちまけられ、テーブルの上のものはひっくり返され、冷蔵庫は開きっぱなしになっていた。食い物も散らかしまくりだし、まるでさっきのオニールの部屋みたいだ。

「最悪だ。おまえが片づけろよ」

「なぜだ？　この件はケイにも責任があるのだぞ!?」

「どうしてだよ。その変な弩《いしゅみ》だかなんだかの魔法ってのは、おまえの不注意で作動したんだろ」

床に広がったヨーグルトの池を、ウェットティッシュで拭《ふ》きながらマトバはうめいた。

「それは……いや、それはケイがわたしにあれこれ押しつけたのがいけないのだ。だいたい、けさのおまえの態度はなんだ!?　わたしが必死になって窮状《きゅうじょう》を訴えたのに、おまえときたら、ろくに話を聞こうともしなかったではないか!?」

「む……いや、でも普通、あんなもんだろ？　クロイが足にまとわりつくからって、それがおまえだなんてわかるか？」

「むう……」

「だいたい考えろよ。寝起きにあんな格好で、いやらしく迫ってくるとか。俺《おれ》だってさすがに落ち着かねえよ。なんか……適当にごまかして退散したくなるのは人情ってもんだろうが」

するとティラナはしばらく黙り込み、なぜか神妙な顔で、マトバの目をのぞきこんだ。

「そうだったのか？」

「え?」

「いや。別に……」

そう言ってティラナはそっぽを向いた。とがらせた唇《くちびる》が、不思議と印象に残った。

「それで……なんだ。その弩《いしゆみ》ってのはどうなったんだ?」

「ああ、あれか……」

騒ぎが落ち着いて、ティラナもいろいろ考えたのだろう。

彼女は自分なりの考えをマトバに語って聞かせた。あの『心を入れ替える弩』というのは、いわば無線ルータのような役目をする道具だったのではないか、ということだった(ティラナはもちろん無線ルータを知らないので、マトバがそう類推した)。

常識的(?)に考えれば、人と猫の脳の機能がすっかり入れ替わったら、まともに体を制御できるわけがない。だからティラナとクロイの精神は入れ替わったのではなく、あの『魔法の弩』を介して接続され、お互いにその体の制御を明け渡しあっていた——というからくりが最もそれらしい理屈だった。

だから、中継機が破壊されればティラナとクロイの間の『交信』は途絶し、自然と『心の入れ替え状態』はおしまいになる。

「つまり最初から、あの弩を求めて大騒ぎする必要はなかったということなのだ……」

ひどく疲れた様子で、ティラナはつぶやいた。

「あれが壊れれば、わたしとクロイは元に戻る。それさえわかっていれば、こんな面倒なことにならずに済んだというのに……」

セマーニ世界から取り寄せた茶《ライテ》をすすり、ティラナはぼやいた。

「わたしもまだまだ未熟だ。術士《ミルディーテ》としてあんなことを見過ごすとは。それにいろいろ、いやな思いもしてしまったし。おまえのせいで、あの男を殺しそこねたし」

「なんだそれ。あそこまでやったらさすがに殺人罪だぞ？　俺《おれ》だってかばいきれない」

「だが、あやつは殺されるべきだった。断固死ぬべきだったのだ……！」

「？　なんでだ」

「わたしの……いや、もういい」

「あー……その……」

マトバは胸の内をよぎった不安を、漏《も》らすかどうか迷ったあげく、つい婉曲《えんきょく》に口に出してしまった。

「いやなら……言わなくていいんだが。まさか……未遂《みすい》じゃなかったとか……？」

「違う！　断じて違うぞ！　そういうことじゃない！　絶対違う！」

ほとんどつかみかからんばかりの剣幕に、マトバはうろたえ、両手をあげた。

「あー、はい。うん。違ったな。邪推だった。すまん。うん。すまん」

「本当に違うのだ！」

「わかった。うん。念のために聞いただけだよ」

「違うのだぞ!? 誤解するな!」

「わかったって。あー、だんだんバカバカしくなってきた……」

「違うのだ! ただ見られただけだ!」

「そんなとこだよな。見られた、ああ、見られたのね。気にするな」

「い、いや、見られただけというのも違う。とにかくそれは……重大なことでもあって……」

「めんどくせえなあ……」

「な、なにがめんどくさいのだ!? おまえは腹が立たないのか!? わたしのお尻《しり》、いや、とにかくもっと怒ってもいいだろうが!?」

「なんで俺《おれ》が」

「うるさい、すこしは怒れ! この馬鹿《ラケバイ》!」

ティラナの拳《こぶし》に力がこもり、その声が震えた。まあ、あんな格好をしてたのだ。見られた相手を殺したくなるのもわかるような気がする。

それよりも、俺たちはもっと大事なことを忘れているのではないか?

「あー、いや待て。バタバタして忘れてたが……そういえば、クロイとセシルは?」

「あっ」

ティラナが口に指先をあてた。

配車スペースの片隅。

いまなお忙しく出入りするゴミ収集車のかたわらで、セシル・エップスはあくびをする黒猫を抱きかかえ、ぼろぼろと涙を流していた。

「ごめんなさい、ティラナ……」

力になれなかった。友達なのに。

すべておしまいだ。

この子はこれからずっと、猫として生きていかなければならないのだ。もうちょっと、わたしができる女だったなら。彼女を救うことだってできたかもしれないのに。

「許して、ティラナ。ショックなのはわかるわ。でもだからって、そんなふうに猫のふりして現実逃避する必要はないのよ？　ほら、あなたのスマホ。なにか言って？」

セシルはティラナのスマートフォンを差し出した。黒猫は無関心な目でその画面を見ただけで、ふたたびあくびをしてから、『ふん』と鼻息を漏《も》らしてセシルの胸に顔をうずめた。

「ああ……！　ねえティラナ！　怒ってるの？　正直に言ってちょうだい。わたしだって最善を尽くしたのよ？　大丈夫、ケイにはわたしからうまく言ってあげる。だから……ねえ！　なにか言って!?」

「にゃあ」

「責めてるの?」

「にゃあ」

「責めてるのね? たしかにわたしも悪かったけど。いえ……ごめんなさい。笑いたいのよね。いちばん笑いたいのは、あなた自身なのね。そんなあなたの気高さ、本当に尊敬するわ。ぐすっ……」

ぎゅっと黒猫を抱きしめる。猫は鬱陶《うっとう》しそうに『にゃあ』とうなる。

その様子を、ゴードン氏やパウエル氏、ついでに押しかけた部外者のマギーおばさんが、事務所の軒先《のきさき》から遠巻きに眺めて、ささやきあっていた。

「うーん、せっかく美人なのに。頭のほうが残念なのかもなあ」

と、ゴードン氏。

「そもそも、ああいう胡散臭い女はやめたほうがいい」

と、パウエル氏。

「だからあたしは最初から疑ってたのよ。ああいう女は、ろくなものじゃないわ！」

と、マギーおばさん。

そんなやり取りをよそに、セシルはクロイを抱き寄せて、泣き続けていた。

マトバたちからの電話の着信に気付いたのは、それから一時間くらい後だった。

それまでセシルは、物言わぬ猫相手にさんざんメロドラマを演じてしまった。

〔了〕

セシル・エップス
Cecil Epps

COP CRAFT 4
Dragnet Mirage Reloaded
Characters

Appendix 1

風紀班の人々：アレクサンドル・ゴドノフ刑事の場合

ゴドノフはロシア出身の刑事である。

家系はいろいろ複雑で、エストニア人やらグルジア人やらあれこれの血が入っているそうなのだが、実はよく知らない。

彼はサンクト・ペテルブルグ市がまだ〝レニングラード〟と呼ばれていた最後の時代に生まれ、ソビエト崩壊《ほうかい》の混乱期を苦労しながら生活する工員と事務員の両親に育てられた。

まあ、子供だったので全然そのころの貧乏は覚えていない。世界中のたいていの不遇な子供と同様、『これが普通だ』と思っていたのである。

いまでもゴドノフは、アフリカやらセマーニ世界やらの人権蹂躙《じゅうりん》をドキュメントしたなにかの番組とかで、不幸な子供たちに同情して涙を流す人々を見るたび、『いや、案外、本人はそんなに自分の境遇を嘆き悲しんだりしてないかもよ？』とか思ったりもする。いや、不遇なのは確かだが、人間のバイタリティーを尊重するようなニュアンスで、彼はよくそう思う。

だがそういう人たちは自分の感想を聞いたら怒るだろうから、口には出さない。嫁さんもそういうタイプなので、なにも言わない（これぞ男の知恵だ）。

ちなみにゴドノフも幸せな子供というわけではなかった。

小さなころは喘息《ぜんそく》持ちの華奢《きゃしゃ》な少年で、春と秋にはたいていひどい発作《ほっさ》に苦しみ、さりとて効果のある吸入薬は当時のループル紙幣では買えなくて、母親は泣きながら『このままでは、この子は二十歳《はたち》まで生きられない』だのと言ってた。その悲嘆を聞きながら、毛布にくるまり、冷たい空気を求めて窓から頭を突き出し、ぜえぜえと一晩中あえぐのが当たり前だった。

たぶん、母さんの言うとおり自分は長生きできないのだろうな、と思っていた。

ところが、どんな遺伝子のいたずらなのか、アレクサンドル少年はローティーンのころから、猛烈な食欲と運動欲に襲《おそ》われ、みるみるたくましくなっていき、喘息の発作もいつのまにか消え失せてしまった。

学校の体育でもヒーローになり、レスリングやらコマンド・サンボやらのジムに通って地域では敵なしの若者になった。

丸太みたいな上腕二頭筋《じょうわんにとうきん》をピクピクさせて、それなりに甘いマスクでほほえむだけで、近所の女の子たちは黄色い悲鳴をあげたものである。

これで調子に乗ったかといえば、そうでもない。

強くなっても、アレクサンドルは正義感の強い少年だった。

なぜかといえば、小学校時代はひ弱な少年で、校内のいじめっ子連中から標的にされることはしょっちゅうだったのだ。パンツを脱がされて好きな女の子の前に放り出されたり、薄汚れた便器にキスするのを強要されたり。ひどいものだった。なぜああいうクズどもは、だれかを痛めつけることに喜びを感じるのだろう？　それがいまでも、ゴドノフにはわからない。

頑健《がんけん》な体を得てからは、そういう屈辱的《くつじょくてき》な目に遭《あ》うこともなくなったが、彼の悪を憎む心は、この少年時代に育《はぐく》まれた。

そんな彼がこよなく愛した映画が、アーノルド・シュワルツェネッガー主演の『レッドブル（訳注：原題"RED HEAT"）』だった。

母なるロシアがアメリカに送り出した、超タフガイの刑事イワン・ダンコー。シュワルツェネッガー演じるモスクワ市警の刑事は、いろいろダメな感じに腐敗したアメリカ社会のシカゴに乗り込んで、クズどもの犯罪組織を相手に大活躍をするのである。

かっこいい！　超かっこいい！

ロシア語の発音が変だとか、もう全然気にしない！　俺《おれ》もイワン・ダンコーになりたい！

そもそもシュワルツェネッガーからして、少年時代はひ弱で、喘息《ぜんそく》で苦しんでいたと聞く。それが激しいトレーニングで、あのすばらしい筋肉ボディーを手に入れた。

もう他人とは思えない。

アレクサンドル少年はその映画をＤＶＤで一〇〇回くらい観《み》た。

問題はそのＤＶＤも違法コピー品だったので、一〇〇パーセントの正義に浸《ひた》れなかったことなのだが。

それはともかく、ゴドノフが警官を志《こころざ》したのは自然の成り行きであった。

平板な道ではなかった。

そもそも彼の住む地域の警官は正義の使者ではなかったし、賄賂《わいろ》でどうとでもなるような連中だった。ああなりたくはない。そう迷いながら、高校を出る前にいくつかの進路が示されたとき、彼がやむなく選んだのはやはり軍人の道だった。

ゴドノフはチェチェンに送られた。

その紛争地帯で、彼はひどく過酷な経験をした。

もう二度と思い出したくないくらいの毎日だったが、それでも伍長《ごちょう》まで昇進したころ、今度はセマーニ世界に送られた。

そちらもチェチェンに負けず劣《おと》らずひどい戦場だった上、尻《しり》に食らった毒矢のせいで、脚に若干の傷害が残った。

傷害といっても日常生活には支障がないレベルだ。

それどころかたいていの同年代の男よりも、彼は速く、そして長く走ることができる。だが彼の所属する部隊が要求しているレベルほど、速く、長く走ることはできなくなってしまった。

訓練所の教官や机仕事に進む道もあったのだが、そのころにはすっかり軍という組織に嫌気がさしていた。

けっきょくゴドノフは軍を退役《たいえき》し、カリアエナ自治区の「アンブローズ・プログラム」に応募することにした。

「アンブローズ・プログラム」というのは、セマーニ世界で従軍した兵士（元兵士）に、自治区での法執行機関（おもに警察）への再就職を優先的に斡旋《あっせん》する制度である。それもアメリカ人だけでなく、従軍したあらゆる国籍の者を対象としている。セマーニ世界での従軍経験がある者ならば、生まれてまもないカリアエナ自治区の治安を預かり、地球人とセマーニ人の融和《ゆうわ》に貢献できるはずだ、というのが主な理由だった。

このプログラムの由来はこうだ。

セマーニ世界での紛争当時、アメリカ軍にアンブローズとかいう少尉《しょうい》がいて、そいつが武運つたなく戦死した。

なにしろ少尉だ。消耗品《しょうもうひん》だ。

どこの軍隊でも別に珍しいことではなかったのだが、その不運な少尉の親が下院議員か何かのお偉いさんで、息子の死を嘆き悲しみ、後ろ盾《だて》になった市民団体が騒いだり何なりあれこれあって、こういうプログラムが立ち上がったのだそうだ。

自分の子供が死んで悲しいんだったら、戦場になんて送るなよ、とゴドノフは思ったりするが、面接官の前では口に出さなかった（これぞ男の知恵だ）。

まあとにかく、顔も知らないアンブローズ少尉に感謝だ。

アレックス・ゴドノフはめでたくサンテレサ市警察に採用された。これで『レッド・ブル』まであと少しだ。

アカデミーを軽くパスして、制服警官の勤務もバリバリこなし、必死に勉強して刑事になった。

ハラショー！

やったぜ、これで俺《おれ》もイワン・ダンコーだ。

その日は飛び上がって喜んだが、彼が配属されたのは一二分署の窃盗課《せっとうか》だった。

来る日も来る日も聞き込みばかり。

暴力沙汰《ざた》など滅多《めった》にお目にかからない。大枚をはたいてカスタムしたデザート・イーグル（劇中に倣《なら》って〝ポドヴィリン〟と命名していた）の出番など、もちろん望むべくもなかった。

デカいし、重いし、身につけたまま座ってるとハンマーが腰にこすれて痛い。もううんざりだった。

それでも何年か、真面目《まじめ》に勤め上げた。

それなりの成果も収め、ちょっと大きな窃盗団もいくつか検挙した。

なにしろゴドノフは基本的には真面目な男で、楽天家で、しかも分別があった。

巨大な愛銃ポドヴィリンは自宅のロッカーに施錠《せじょう》してしまいこみ、代わりにもっと扱いやすくてお値段手頃なスミス＆ウェッソンの九ミリ拳銃《けんじゅう》を持ち歩いた。

ＳＤ９というその銃《じゅう》も、仕事中に火を噴くことは一度もなかったので、後にして思えば鬱陶《うっとう》しい思いをしてまで持ち歩く必要なんてなかったわけなのだが。いっそデリンジャーあたりでもポケットに放り込んでおけばよかった。

窃盗《せっとう》の被害に遭《あ》った倉庫会社の事務員の女の子と恋仲になって、結婚して子供が一人できたあたりで、署長と課長から呼び出されて、『市警本部の風紀班《バイス》に移れ』と言われた。

バイスだ。バイス。

そして市警本部。これは出世だ。

イワン・ダンコーの部署とはちょっと違ったが、それでもそこは危険な香りの漂《ただよ》う、本物の悪党相手のハードな場所だった。

すこし昔の彼なら、二つ返事で引き受けていただろう。だがゴドノフは気がすすまなかった。妻は二人目を身ごもっていたし、一人目の息子は毎朝会うたびショック死しそうなくらいかわいい。危ない部署はまっぴらで、もうイワン・ダンコーになりたいとは思っていなかった。

その矢先、同じ課の同僚が殉職《じゅんしょく》した。

捜査中に運悪く、麻薬の密売組織とかち合ったのだ。ただの聞き込みだったのに、早とちりしたチンピラに安物の銃を向けられ、撃ち返す間もなくやられてしまった。

やったのはウラジオストックを根城《ねじろ》にしているロシア系の組織で、セマーニ世界から麻薬や女を仕入れている奴《やつ》らだった。撃ったチンピラは組織の手引きで街から逃げた。もう何年もたつが、いまだに捕まっていない。

職場の仲間が死ぬのは戦争にいったから慣れている。ほかの同僚ほどのショックはなかった。

だが、その連中を野放しにしておくことに、ゴドノフはどうしても耐えられなかった。

大きな組織だ。それに窃盗課の管轄《かんかつ》とも違う。

必要な報告と人手を供出《きょうしゅつ》し、あとは市警本部の捜査チームか、もっと上位の法執行機関がどうにかするのを大人《おとな》しく待つしかない。

まっぴら御免だった。それに自分にはチャンスが示されている。

一晩たっぷり悩んだあと、ゴドノフは署長室に顔を出し、風紀班への異動を志願した。かなり思い詰めてのことだった。自分もロシア人だ。そのロシア系組織に潜入し、必ずや奴らの息の根を止めてやる――そう決心していた。

その翌週、市警本部の特別風紀班のオフィスに初めて向かうとき、ゴドノフは長らくロッカーに封印していた愛銃ポドヴィリンをホルスターに差し、イワン・ダンコーそこのけの服装で背筋を伸ばし、きびきびとした足取りで初出勤した。

「よく来たな、ゴドノフ。いい腕だと聞いてるぜ」

彼を出迎えた風紀班の巡査部長《サージャント》ケイ・マトバは、神妙な顔つきでこう言った。彼も自分と同じアンブローズ・プログラムの恩恵を受けた日本軍の元刑事で、セマーニ世界での戦争に従事していたとのことだった。

いい奴《やつ》だ、とゴドノフは思った。多くを語らなくても、こういう男とは同じ思いを共有できる。

問題のロシア人組織のことについて、ゴドノフはしかめっつらでたずねた。この件は風紀班が担当しているはずだと、彼は前から聞いていた。

「ああ、あいつらか」

マトバがごく真面目《まじめ》な顔で言った。

「それなら昨夜、片づいた」

「なに？」

ゴドノフは我が耳を疑ったが、本当だった。なんでも風紀班は以前からそのロシア系ギャング組織に目を付けていて、大口の取引を装《よそお》ったおとり捜査をしかけ、つい昨夜に大規模な手入れを行《おこな》ったのだそうだ。

組織のトップを三人ほど押さえ、ほかの兵隊も二桁《けた》はぶち込んだ。その組織はおそらく、数年以上は立ち直れないくらいの打撃を受けたことだろう。

「大成果だ。リックが——ああ、いま向こうで寝てる俺《おれ》の相棒なんだが、うまい芝居《しばい》をかましまくってな。あいつにはグラミー賞をやるべきだと思うよ」

一転して上機嫌で語るマトバに、ゴドノフは『それはアカデミー賞では？』と指摘した。

「ああ、うん。そうだ。アカデミー賞。とにかくすごいんだ。ものすげえ難しい顔で『同志《タヴァリーシチ》。そのレートでは取引ができないずら』ってな調子でな？　あのアホヅラは永久保存版だ。とにかくゴドノフ、ちょっと遅かったがよく来てくれた。またロシア人がおイタしたら、そのときは頼むぜ。風紀班《バイス》にようこそだ」

どうやら、自分のすることはなにもないようだった。呆然《ぼうぜん》としているゴドノフに、マトバは新しい同僚たちを次々紹介していった。それらの紹介がろくに耳に入っていない彼の肩を、マトバが叩《たた》いた。

「なんかぼーっとしてるな。大丈夫か？」

「あ、うん……」

「ならいい。それでゴドノフ、おまえの相棒はあいつだ。仲良くしてやってくれ。おい、トニー。ゴドノフだ。頼むぞ」

マトバがトニー・マクビーを呼んだ。

「あら、なに？」

トニーはオフィスの隅っこで、手首をくねくねさせながらハーブティーをいれていた。それからなよっとした仕草で振り返り、ゴドノフを見て眉《まゆ》をひそめ、『あらやだ、マッチョだわ』だのと言っていた。

こいつが相棒？　マジかよ。

「マジだ」

思わずつぶやいた彼の横で、マトバがうなずいた。

「だがトニーはいい奴《やつ》だぞ。それにたぶん、おまえの百倍頭がいい。敬意を払えよ。いいな？」

最初は絶望的な気分になったが、マトバの言葉は本当だった。

トニー・マクビーはそういう奴で、ゲイだし涙もろいのだが、とびきり頭がよくて、彼なしには風紀班は回らないくらいなのだと数か月後に結論した。いろいろあったし喧嘩《けんか》もしたが、彼を認めないわけにはいかなかった。

この相棒はファッションにもうるさかった。

ゴドノフは組織の売人を装《よそお》うために、パステル調のピンクや水色のスーツを着ることになった。指にはじゃらじゃら銀の指輪。靴《くつ》はラメ入りのエナメル靴。くたびれてその格好のまま帰宅すると、妻から化け物でも見るような目を向けられた。

問題のロシア人組織は忘却の彼方《かなた》だ。

あれ以来、まったく縁がない。まあほかの組織はあれこれある。幸か不幸か、任務の関係で愛銃ポドヴィリンはたまに出番がやってくる。

とはいえ、えーと。俺《おれ》はなにをやっているのだろう？

なんか最近、小学校を出たてみたいなセマーニ人の女の子まで入ってきたし。頭がおかしくなりそうだ。たしか俺って刑事だったよな？

たまにそう思うこともあるのだが、ゴドノフは適応に努めている。
彼は真面目《まじめ》で、楽天家で、分別がある男なのだ。
窃盗課《せっとうか》でもどうにかなったし。肩の力を抜いて、仕事をしようじゃないか。

Aleksandr Godnov《アレクサンドル・ゴドノフ》

Tony Mcbee《トニー・マクビー》

COP CRAFT 4
Dragnet Mirage Reloaded
Characters

Appendix 2

準騎士《バルシユ》ティラナに訊いてみた
——あるいはオニール師のグダグダトーク

「ファーザー・オニール退院記念！　みんなでティラナ嬢にいろいろ質問してみようコーナー!!」

ビズ・オニール牧師（自称）が声を張り上げた。

「はい拍手————っ！　わ————！　パチパチパチパチ!!　うん！　ハァ————レルゥウ————イヤッ!!」

ボックス席の上に立ち、オニールはやたらとハイテンションで盛り上がる。

ここはセブン・マイルズにあるオニールのクラブ『レディ・チャペル』だ。

だが明け方の店内にいるのは、彼を含めてわずか四名だった。

まず用心棒の巨漢ケニー。

雇われバーテンのボブ。

それからなぜか、不機嫌顔のティラナ・エクセディリカ。

もう朝だ。もう閉店。

　酔っぱらいどもは追い出して、いまは広い店内で彼らだけのお楽しみタイムだった。

「うわーい……。パチパチ」

「ふあ……ねみい」

　ケニーとボブが投げやりに拍手する。ティラナに至っては拍手など一切なしで、むっつりと手元の水をすするだけだった。

「おや、どうしたのかね!?　シスター・ティラナ。夜勤も終わって、あとはのんきにくつろいで、昼まで寝るだけだというのに！　ずいぶんと不景気な顔ではないか！」

「確かに夜勤が終わって、さっさと帰ってくつろぎたいところだったが――」

　彼女はグラスを握る手に力をこめた。

「なぜこのわたしが、おまえの店なんぞで時間を空費せねばならぬのだ……!?」

「ふむ。それならば君の相棒、マトバ刑事から連絡があったのだろう？　『ちょっと遅れる。オニールの店で飲んでいてくれ』だのなんだの。そこで君の無聊《ぶりよう》を慰めるために、われわれ三銃士がこうして集《つど》ったというわけなのだよ！　感謝したまえ！」

「おまえらの、どこがどう三銃士なのだ……？」

「われわれというより、君のことだ。ダルタニアンくん。なんだか辺鄙《へんぴ》なところから都会にやって来た、やたら血の気の多いガスコン人。まさしく君にぴったりの配役ではないか！」

「よくわからんのだが、おまえがわたしを田舎者《いなか》と言っているのだけは理解できる」

「ふむ。デュマの『三銃士』は?」

「ドリーニの小説だったな。読んでいない」

「面白いぞ? ぜひ読みたまえ! そろいもそろって脳みそが筋肉のろくでなしばかり。バカが集まりバカをやる、世界文学史に残るドタバタコメディだ!」

「すげえな、ファーザー。インテリだぜ……」

「へえ。面白そうだ……今度読んでみようかな」

ケニーとボブは感心している。

「やっぱりタクシーで帰れば良かった……」

ティラナがげんなりとつぶやく。

オニールが聞いたところでは、彼女とケイ・マトバ刑事は今夜(昨夜? そういう微妙な時間帯だった)、別行動をとっていたそうだ。

マトバは先日の密輸屋《スマグラー》と税関当局の捜査官の件があれこれ残っていて、市警本部で書類仕事。ティラナは風紀班の巨乳刑事二人組——キャミーとジェミーにくっついて(フルネームは忘れた。まあいい。とにかく巨乳刑事たちだ)、このセブン・マイルズ地区で商売女のライフスタイルのあれこれについて勉強していた。

おとり捜査用のそういう服装なので、いまのティラナはなかなか扇情的なスタイルである。ぴっちり体の線がでるノースリーブのスーツに、ひらひらのミニスカート。白い生足にちょっとかわいいサンダル。サンダルからもじもじとのぞく、つま先の赤いペディギュアが魅惑的だ。

すばらしい！

なによりも、本人が恥ずかしがっているのがすばらしい！

おお、あの巨乳刑事たちに祝福あれ！

……それでもって、つい先ほどの明け方、『研修』が終わってから車に乗った二人組に『送るわよ？』と言われたそうなのだが、ティラナは『ケイとごはんを食べる約束なので、ここで待つ』と答えたのだという。だったら市警本部まで送ってもらえば良さそうなものだが、まあ、こういう格好なので職場に行くのは気がひけたのだろう。

街角に立つのも面倒だったのは想像できる。

なので、彼女はこうして我が聖なる殿堂にご来店した。

「ハァ――――レルゥウ――ィヤッ!!」

オニールは叫び、ボブが作ってくれたモヒートを一気に飲み干した。ぷはーっと息をつき、グラスの底を卓上に景気よくたたきつける。

「ファーザー。いちおう病み上がりなんでしょう？　大丈夫なんすか？」

「ブラザー・ケニー。心配は無用だ。痛み止めとか、いろいろもらったから」

医師の隙《すき》を見て、処方箋《しょほうせん》に若干の書き加えをしたおかげで、オニールは過剰にたくさんの薬を入手することに成功していた。

そう。普通の薬局では買えない、ちょっと強めの『痛み止め』だ。ハレルヤ。

「それに早く退院したかった。あの病院の、修道所みたいなメニューの数々。あれは悪夢だったよ」

「はあ」

「酒禁止。たばこ禁止。脂っこいメニューは全部禁止。夜一〇時には消灯。六時には起床。あんな……あんな生活を続けていたら……私は健康になってしまう！」

「けっこうなことじゃないですか。なんか前より顔色もいいし……」

「とにかく質問コーナーだ！」

スルーしてオニールは宣言した。なぜかその場の一同は、どこからともなく『ジャンッ！』というSEが響いたような気がした。


「第一問！」


スマホをかかげ、なんか適当にSMSで募集した質問を読み上げる。

「『セマーニ人って、年がわかりづらいんだけど、ティラナちゃんって実のところ何歳なの？』!?……ゴランビザ郡のオークレアさん（仮名）からのご質問です」

「え……？」

「シスター・ティラナ。君のファンは意外に多いのだよ。さあ、答えて、答えて？」

「いや待て。なぜわたしがこんなところで、そんなふざけた質問に……」

当惑するティラナを前に、オニール、ケニー、ボブの三人がしらけきったため息をもらした。

『ああ～～～……』

「おい……なぜそんながっかりするのだ」

「ノリ悪いっすねー、この子」

と、ボブ。

「だよな。別に答えて困ることじゃねえのに」

と、ケニー。

「シスター・ティラナ！　要するにあれかね？　君のようなセマーニ人――いや、大国ファルバーニ王国の騎士たるものは、その程度のノリだと!?」

「な、なに？」

「ああ、私は失望した！　こういう社交の場でこそ、文明人の真価が問われるというのに！　あいにくこのファルバーニからの貴婦人は、飲み会を盛り上げる術《すべ》すらご存じないとみえる！」

そう言われると彼女も必死になるようだった。右手を振ってなんとか否定しようとする。

「ま、待て。そんなことは……」

「だったら質問に答えたまえ！　実のところ何歳なのか？　正直に言ってみたまえ！　……ということを、このゴランビザ郡のオークレアさん（仮名）は聞いているのだよ。さあ。さあさあ……！」

「そう言われても……いろいろ計算が面倒なのだ。おまえたちの一年と、われわれの一年は違うし、年齢の習慣も違うから。わたしの誕生日も一般的ではないし、う～ん……」

うながされて、ティラナはうろたえながらも胸に手をあてた。セマーニ人が思案しているときの仕草だ。

「地球の年齢なら、たぶん一七……いや一八かもしれない。とにかく、そのあたりだ」

するとオニールら三人は同時に眉《まゆ》をひそめ、『ええ～～～？』とうなり声をあげた。

「マジで？」

「サバよんでない？」

「実は一二歳だろ？」

口々に感想を述べると、ティラナは肩を怒らせて否定した。

「う、嘘《うそ》ではない！　……というか、おまえらはどちらで疑ってるのだ？　わたしが見た目よりも幼いと言いたいのか？　それとも年をとって見えると――」

「第二問！」

それ以上の紛糾《ふんきゅう》を避け、見事なタイミングでオニールは宣言した。ボブが小声で『さすがですぜ、ファーザー』とつぶやいていた。

「えー、ファーガルドのヌルさん（仮名）からの質問です。『ティラナちゃんはファンタジー世界の女騎士だから、やっぱり敵に捕まって「くっ、殺せ」とかそういうセリフを言ったりするの？　あとセマーニ世界には触手モンスターはいるんでしょうか？』だそうです」

「？　よくわからんのだが……」


「第三問！」


広がりそうにない質問はきっぱり切り捨てる。

オニールは容赦《ようしゃ》のないインタビュアだった。

「イースト・ロックパークのダイソンさん（仮名）からです。……えー、『ティラナちゃんに姉妹とかはいるんですか？　ぼくはできれば、ものすごいSな感じの妹さんがいるとうれしいです』……だそうです」

「妹ならいるが……」

困惑しながらティラナは答えた。

「それ以外は、よくわからない。え、エス？　それはどういう意味なのだ？」

「うーん、意地悪な子かどうか、ってところじゃね？」

ケニーが説明した。

「妹なら……いる」

ティラナは生真面目《きまじめ》に思案した。

「意地悪か。それは……まあ、確かにそうかもしれぬ。甘やかされたせいか、妹のマイラナはわたしにはずいぶん意地悪で……その、でもいい子なのだ。あの子があぁなったのは……おぬしらの言葉でSになったのは、きっとわたしのせいだ。だから責めないでやってほしい」

三人が『ごくり』と喉《のど》をならす。

「あの……それで、その子、かわいいんスか？」

ボブが遠慮がちに言った。

「え？　うむ、そうだな……あー、いやいや、ただの身内びいきだ。とはいえ、たぶん、わたしなんかよりもずっと美しい子だと思うが」

『うおおおおおおおおお！』

自称三銃士はのけぞって盛り上がった。

このティラナが認めるくらいの美少女！

しかも妹！

そしてＳ！

「踏んでもらえますか？　いやマジで、踏んでもらえるだけでいいんですよ！」

と、ボブが絶叫した。

「うーん。なあヤバいよ、ティラナ……。その妹さん、絶対に地球《こっち》に呼んじゃダメだよ……？」

と、心配そうにケニーが言った。

「神よ！　あなたは私を試しているのですね!?　ロリ属性のないこの私に新たな沃野《よくや》を見せつけ、危険なビジネスに駆り立てようと!?　だがこれほど過酷な試練はない！　ああ……あなたは残酷だ！」

と、天井を仰ぎオニールが叫んだ。

「な、なにを盛り上がっているのだ……？　わたしにはよくわからぬのだが……」

「いや、呼びましょうよ！　ねえティラナさん、呼びましょう!?　いますぐメールを……いや、メールないのか。手紙だ、うん、手紙だ。書いて、書いて！」

興奮してボブが叫ぶ。

「そんなことを言われても……。マイラナは王都のジムナ・ミルディエにいる身だ。気軽に呼び出せぬ」

「ジムナ……なに？」

「ジムナ・ミルディエ。直訳すると……うーん、『魔法学校』？」

「ほほう」

オニールは丸いサングラスのブリッジを『くいっ』と押し上げ、つぶやいた。

「ちなみに年は？　ぜひ聞かせてくれたまえ」

「地球だと、うーん……一三くらいか？」

「その妹君だが……こちらに遊びにきてもらう手段はないのかね？　その学校というのは厳しいのかな？　夏休みとか、そういう長期休暇は？　あと、君ら姉妹の仲は円満かね？」

オニールの質問攻めに、ティラナは身を固くした。

「い……いきなり根掘り葉掘り聞くな！　なにをたくらんでおるのだ!?」

「いやいやいやいやいや」

オニールは身振り手振りを総動員して否定した。

「シスター・ティラナ。私は決して、よこしまな気持ちで言ったのではないのだよ。われわれ地球人との友好を深めるためにも、その妹君にぜひ来てほしい！　そう思っただけなのだ」

「…………言っておくが、妹はわたしなぞよりよほど危険で強力な術者《ミルデイーテ》だぞ。おかしな考えはせぬことだ」

「そうだろう、そうだろうとも！　だが両世界の友好のために、いくばくかのグラビア企画に出演するとか、そういう選択肢はあると思うのだ。できればシスター・ティラナ。君と一緒に」

「はあ？」

「売れるぞ！　保証する！　絶対だ！　もちろんX指定なんて贅沢《ぜいたく》は言わない。ぎりぎりのラインを攻めようではないか。脱がなくていい。着エロだ」

「ふざけるな！　なぜわたしとマイラナが、そのよくわからんグラビアとやらに――」

「多額の印税収入がある！」

　オニールは断言した。

「きっとすさまじい額だろう。その資金で、めぐまれないセマーニ人のために基金を設け、教育プログラムなどを推進するのだ。そう……これを『エクセディリカ基金』と名付けよう。君と妹君が一肌脱ぐだけで、多くの子供たちが救われるのだぞ!?」

　アドリブ全開で言ってみた。殴《なぐ》られたり蹴《け》られたりすることも覚悟したが――案外、ティラナ嬢は押し黙って考え込んでくれた。

　うーん、騙《だま》されやすい少女だ。

　これであの特別風紀班の刑事などという過酷な職務が勤まるのだろうか？

「い、いや……だが……わたしたちの写真なんぞで、そんなお金が集まるとは……。で、でも……たとえ少しでも、役に立つならそれはそれで……確かに一理あるような、ないような……」

「いや、ないってば」

　と、ケニーが口を挟んだ。

「なあティラナ、確かにそんなグラビアは売れるかもしれねえが、それはあんたたちの名誉に傷がつく行為だ。そんなカネで人を救おうなんて、思うべきじゃねえよ」

「そ、そうかもしれぬな……ケニーよ、すまぬ」

ティラナがあっさり考え直して、オニールに宣言した。

「やっぱりやめた。お断りだ」

「うん」

ケニーがしかめっ面でうなずく。

「ブラザー・ケニー!?　いきなり良識派に転向かね!?」

「見損ないましたよ、ケニーさん。もうあんたはブラザーじゃない！」

オニールとボブが抗議したが、ケニーはうるさそうに手を振るばかりだった。

「あー、もう。だいたいマトバの旦那《だんな》がそんなこと許すわけねえですよ。それにスタジオでいざ撮影となったら、詳しいこと知った彼女に殺されますぜ？」

「むう。それは確かに……」

「……というかこの話題いつまで続くんですかい？　そろそろ次いきましょうよ」

「おっと、確かにそうだな。私としたことが、シスター・ティラナの妹君とかいう、おいしい話に熱くなりすぎた……」

「まあ俺《おれ》らのまわり、ほんとむさっくるしいから」

「無理もないよね……」

ケニーとボブが口々に言う。

「第四問！」

わびしくなりかけたムードをバシッと打ち切り、オニールは宣言した。

「ノース・ザルゼのスミス（仮名）さんからの質問です。……えー、『地球の食べ物で好きなものはなんですか？』」

「うわー、なんすかそれ。すげえ当たり障りなくて、つまらないんですけど……」

ボブがため息をつく。

「うむ。だがこれは軽いクールダウンだと思いたまえ。さてシスター・ティラナ。地球に来てそれなりに経ったし、好きな食べ物でも言ってくれたまえ」

「アイスクリーム！」

いきなりティラナは声を張り上げた。

「バニラとストロベリーと、キャラメルと……。とにかくアイスクリームは最高だ。何十個でも食べられるぞ。あの冷たくて心地いい刺激と、たまらなく甘美な味の数々……！　おまえら地球人《ドリーニ》の武器などはくだらぬが、お菓子については……うーん、悔しい。悔しいが、降伏するしかない」

「ああ、そう……」

「あとシュークリーム。あの、家畜の糞《ふん》みたいな形を見たときは、わたしも地球人の正気を疑ったが、中のカスタードクリームが……あんなに、あんなにとろけるようで優しく上品な甘さだなんて……。あぁっ、あんなにけしからぬ菓子はない。初めて食べた時は、さすがのわたしも気を失うかと思った。ほかにもチーズケーキやチョコレートや……。もうたまらぬ。準騎士《バルシュ》としての立場がなければ、いますぐ菓子屋に弟子入りしたいくらいだ」

　ティラナは目を輝《かがや》かせ、頬《ほお》に手をあて、うっとりとした様子で天井《てんじょう》を見上げる。オニールたちのしらけた様子に気づきもしない。

「うん、すごいね、シュークリーム」

「おいしいよな」

「じゃあ、そろそろ次の質問に……」

「そういえばこないだ、キャミーたちに連れてってもらったのだ。その、すさまじくおいしいスウィーツを好きなだけ食べられる店にいってな？　うふふ……。ケーキ・バイキングというのだ。海賊のようにお菓子を食べられるという意味だ。すごいだろう？　ケーキを、略奪するのだ！　もうその言葉だけで興奮する。あのお店があれば、世界中から戦争がなくなると思うぞ！」

「うん」

「そうかもね」

「じゃあ、そろそろ次の質問に……」

「そうだった！　あと……ブリンだ！　ブリンは最高だ。ブリンほどの菓子を、わたしは食したことがない！　ケイがこないだ取り寄せてくれたのだ。『ブッチン・ブリン』！　逆さまにして容器の底の棒を折ると、きれいにお皿の上に落ちるのだ。世界が変わるほどの大発明だ！……ああ、妙なるかなブッチン・ブリン。ブッチン・ブリンにキゼンヤ神の祝福あれ！」

「ブッチン・ブリン？」

「たぶんプディングのことでしょう。日本製でうまいのがあるんですよ」

「ふーん……」

ティラナは盛り上がっている。オニールたちは盛り下がっている。

その様子にやっと気付いた彼女が、咳《せき》払いして居住まいを正した。

「……ええと。すまぬ。つい熱くなってしまった」

「別にいいけどよ」

「では第五問！」

宣言するオニールのかたわらで、ティラナが疲れた目をした。

「いつまで続くのだ？　この質問コーナーとやらは……」

「もちろん、君の迎えがくるまでだ！　もしマトバ刑事が途中で交通事故に遭《あ》ってあえない最期を遂げたら、質問は永遠に続くと思ってほしい！」

「冗談ではないぞ。もう疲れた。これで最後にしてくれ」

「とにかく第五問だ！　えー……クイーンズ・バレーのユゴーさん（仮名）からの質問です。『ティラナちゃんにボーイ・フレンドはいるんですか？　もしいないなら、どんな男性がタイプですか？』」

「いない」

　ティラナが即答した。

「男性のタイプは？」

「どうでもいい。以上だ」

　一同は失望のため息をついた。

「シスター・ティラナ。どうでもいいではよくないのだよ！　もうちょっと答えに工夫がほしい！　さもないと、私たちは君の好みについてあれこれ類推するしかなくなるのだ」

「ふん。勝手に邪推をしていれば良いではないか」

　冷淡に彼女が言うと、オニールたちはすぐさま顔を付き合わせて邪推を開始した。

「ではお言葉に甘えて。ふむ……私の心に、先ほどから天使が話しかけている気がする。そう……シスター・ティラナは……うん、胸毛が濃い男が大好きだと……」

「なっ……？」

「そして……そう、ヘアスタイルはたぶん、きれいに手入れされたスキンヘッドだ」

「なんだ、それは。おまえのことではないか!?　いや胸毛は知らんが」

「またまた。正直に言いたまえ。ひそかに私に思い焦がれているのだろう？　うーん照れる、照れるぞ！」

「おいっ……!?」

オニールは自分の両肩を抱いて、腰をくねくねさせた。

「いや、きっとたぶんデブ専だ。俺《おれ》みたいなマッチョなデブがタイプだろ？　いやあ、困ったなあ」

ケニーが照れ笑いして顔を両手で覆《おお》う。

「職業はきっとバーテンですよ。俺の収入イマイチだけど、甲斐甲斐《かいがい》しく支えてくれるんだよな？　そうだよな？」

ボブが目を輝《かがや》かせてティラナに詰め寄る。

「ふ……ふざけるな！　スキンヘッドもマッチョなデブも、貧乏バーテンも全部お断りだ！

要するにおまえらなんて興味ない！」

「興味ない!?　おおっ、興味ないと言ったね!?」

びしりと指をさし、厳しい声色でオニールは言った。

「シスター・ティラナ。いま君は我々を公然と侮蔑《ぶべつ》した。私は傷ついたぞ。そう、ひどく傷ついた！」

「うん。ひでえよな」

「しばらく立ち直れないっすよ……」

そろって肩を落とす三人の前で、ティラナは狼狽《ろうばい》した。

「そ、そんなつもりは……。別に、そういう対象ではないと言っただけではないか。わたしは、悪気があったわけでは……」

「だったらせめて、『そういう対象の男』について聞かせてくれたまえ。少しでいい。それで納得できれば、我々の心の傷も癒《い》えるというものだ」

「そ、そうなのか？」

「そうだとも！　ほら。言ってくれたまえ！　どんな男性なら付き合ってもいいのかね!?」

「うーむ……それは……ええと……」

ティラナがまじめに考え込む。

うーむ、なんと扱いやすい純朴な娘なのだ。素晴らしい。ハレルヤ！

「その……やっぱり、強い方がいいな。わたしごとき未熟な準騎士《バルシュ》にかなわないような男では、伴侶《はんりょ》には選べぬし……」

「ふむ。強いと。それでそれで!?」

「ま、まだ言うのか?　ほかには……人生経験豊かというか……そういう頼もしさも欲しい……かな」

「ふむ。人生経験が豊富!　それからそれから!?」

「あとは……ちょっと優しくて、料理なども上手だったりして……。案外、子供っぽかったり、わたしを頼りにしてくれてるところも欲しいし……」

ティラナの声はどんどん小さくなっていった。最後のあたりはほとんど聞き取れないくらいだ。

なんだか抽象的な好みばかりでつまらんなあ、と三人が思い、これからどうやって猥談《わいだん》に結びつけていこうかと目配せしあったあたりで、すぐそばから新たな声がした。

「おまえら。朝っぱらから、何やってるんだ?」

驚いて振り返ると、ボックス席のすぐ後ろに、いつのまにかケイ・マトバがいた。

「け、けけけけ、ケイっ!?」

オニールたち以上にティラナが驚き、テーブル上のグラスやボトルをひっくり返して飛び上がった。

「き、きききき、聞いてたのか!?」

「?　なにをだよ」

「いや、いまのわたしの話とか、あれこれ……」

「知らねえよ、いま来たばかりだ。店のシャッターが開いてたから、勝手に入ってきた」

そう言ってマトバはあくびをした。

「マトバ刑事！　なぜこんなタイミングで来るのかね!?　あともう少し——そう、三〇分くらい遅れて来てくれたら、我々はより深淵で奥深い、『セマーニ美少女の本音トーク』に到達できたかもしれないのに！」

「はあ？　美少女？　どこだよ、そりゃ」

マトバが大げさに左右を見回してみせる。その態度だけで、ティラナ嬢のこめかみに青筋が浮かんだのを、一同は見逃さなかった。

「ケイ。きょうは研修で大変だったのだ。いまもこんな格好だぞ。なにか……感想はないのか？」

普段の装束からすると、いささか大胆な露出度のティラナを見て、マトバは眉《まゆ》をひそめた。

「うん。寒そうだな。すまん」

「なっ……」

「とにかく帰るぞ。ほれ、支度《したく》しろ」

「ラケバイ……！」

「ん？」

「うるさい。だいたいおぬしは遅いのだ。おかげでこいつらの愚かな雰囲気に巻き込まれて、くだらぬことを話してしまった」

「ああ、そりゃすまなかったな。なにしろ……」

そこでマトバが何かを思い出したように、にんまりと笑った。

「なにしろ、なんだ？」

「そうだった。クルマだ、クルマ。……おい、オニール！　おまえらも来いよ。いいもん見せてやる」

そう言って手招きする。オニールたちは不審に思いながらも、マトバに続いて店の外へ出て行った。クラブ『レディ・チャペル』のすぐ前の路上には、一台の古いオープンカーが停めてあった。

「じゃーん！　どうだ⁉　俺《おれ》の新しい女だぜ！」

「おお……」

その車はシボレー・コルベットC1。

一九五〇年代に生産された、最初期のコルベットだ。

シンプルなようで複雑な、ひどく美しいボディの曲線。その色は淡いイエローで、角度によっては限りなく白へと近づく。そして路面に映《は》えるホワイトウォール・タイヤ。メッシュ入りのヘッドライトがまた、えらくレトロで味わい深い。

そのたたずまいの上品さは、アメ車というよりヨーロッパ車のそれなのだが、テールから突き出す一対のマフラーや、フロントバンパーの意匠が、さりげなく『全盛期のアメ車』を主張していた。

「すげえ。知ってますぜ、旦那《だんな》。コルベット・スティングレイだ！」

ケニーが興奮して言った。

「いやいや、こいつはスティングレイじゃねえんだ。そう呼ばれる直前のモデルでな。コルベットC1だ。いやまあ、C1てのも後世についた呼び名なんだが」

心からうれしそうに、にやにやしながらマトバが言う。

「こいつはたぶん、五四年ごろに生産されたモデルだ。それからいろんなオーナーの手を渡り歩いた。初期のC1はいろいろ問題があったから……後からいろいろ手が入ったみたいでな。本来のC1は三・八リッターの直列六気筒なんだが、こいつは四・三リッターのV8だ。ミッションも四速になってる。もちろん現代のクルマに比べりゃ、パワーは残念な感じなんだが……うーん、V8だぜ。マセラティがお陀仏《だぶつ》になってから、よく主任に『V8以上のマシンが欲しい』と言ってたけどな。こんな古いV8が来るとは思わなかった。まあ、それも気の利いたジョークさ。なにしろコルベットだぜ！　見ろ、この曲線！　ヤバすぎるだろう！」

「うおー、ヤバいっすよ旦那。この色気！　いまのメーカーには出せないね」

「っていうか、七〇年近く昔のクルマっすよね？　こんないい状態で現存してるなんて……こないだのマセラッティなんて目じゃねえよ。とんでもない値段のはずだ」

「先月お縄になった麻薬ディーラーの宝物だ。たぶん四〇万ドルくらいはするはずだぜ」

『うおおおおっ！』

盛り上がるマトバ、ケニー、ボブの三人を、ティラナはどこか遠い出来事のように見つめていた。それに気付いたオニールは、さりげなく彼女に近づき、遠慮がちにこうたずねた。

「……あー、シスター・ティラナ？　先ほどからどうも、君は非常に不機嫌に見えるのだが」

「別に」

ものすごく冷たい声だ。感情が一切こもっていない、機械のような声だった。

「あんな鉄クズに興奮している男たちに、少々あきれていただけだ。まあ……あの男はわたしのこんな娼婦風の格好など、気にもならんのだろう」

「そ、そうかね。いきなり聖職者ぽい義務感に目覚めたようで違和感があるかもしれんが……さすがに気の毒な気分になったのだよ。グチなら聞くぞ？　いつでもここに来たまえ」

「よけいなお世話だ。だがダーシュ・ザンナだ」

「あー。うん。どうも」

「ネーヴェ・シーヤ。オニール」

ケニーたちとさんざんクルマのオタクトークをした後に、マトバはくいっと手招きした。

「よし、ティラナ！　はじめてこいつの助手席に乗る栄誉をくれてやるぞ!?　さあ乗れ！　ほらほら！」

「ああ……」

ティラナが能面で車に飛び乗る。その拍子に、彼女の持つ長剣《クレーゲ》がドアの塗装にぶつかった。

マトバの笑顔がやや曇る。

「おいおい、気をつけてくれ。剝《は》げるだろ？」

「すまぬ」

座席の中で身をよじる。長剣の柄《つか》がダッシュボードにぶつかる。マトバが眉《まゆ》をひそめる。

「おい、気をつけろって」

「すまぬな」

それから延びをして、乱暴に拳《こぶし》をフロントガラスにぶつける。さすがにマトバが抗議した。

「おい、なにするんだよ？　割れたらどうするんだ」

「あー、そう？　すまぬ」

「いやおまえ、さっきからわざとやってないか？」

「うるさい。さっさと壊れればいいのだ、こんな車！」

「なんだ、それ。おまえも気に入ると思ったんだぞ？　それが……なんだその態度。このコルベットのどこが気にくわないってんだ!?」

「気にくわないところだらけだ！」

「ええ？　あー、参ったな、なんなんだよ……」

あれこれ口論する二人を乗せたまま、コルベットは走り出す。特徴的なエンジン音よりも、マトバとティラナの口論ばかりが耳に残った。
オニール、ケニー、ボブの三人はそれを見送り、肩をすくめた。

〔おしまい〕

ボーナストラック&あとがき

若干の時間があいたものの、『コップクラフト』の四巻がこうして出版されることと相成った。

アメリカのケーブル局ECMのドラマとして好評を博し、いまもノベライズ版が好調なまま出版される本作品の翻訳を、こうして続けられることに筆者は大変な喜びを感じている。

ドラマの方は第四シーズンを一区切りとして現在止まっているものの、多くのファンの声に支えられ、新たに第五シーズンの制作がアナウンスされた。様々な紆余曲折《うよきよくせつ》を経ながら、いまなお続くマトバとティラナの物語が続いていくことに、筆者も大きな喜びを感じている次第である。

そんな中、東京で執筆活動を続ける筆者に、ほかの作品でも精力的に活躍を続けているティラナ役のイリーナ・フュージー嬢から久しぶりに電話があった。

以下はその時のやり取りである。

イリーナ「フリーなんですよ！」
賀東「いきなり、何ですか……?」
イリーナ「フリーがいま来てます。あの水泳部のアニメです。あの美少年たちの大胸筋！　広背筋！　あなたがた日本人は、わたしを殺すつもりですか!?　どうしてくれるんですか!?」

賀東「ああ、『Fre●!』ね……。こないだやった『氷●』って仕事で、その演出さんが監督さんになるって聞いて……ええ、まあ。確かに絶対大ヒットするとは思ってたんですよ。内海《うつみ》さん、すごいよなあ。コンテも超魅力的だし。脱帽ですよ」
イリーナ「そんなことじゃないんです。いまアメリカでは、たくさんの女の子がフリーに殺されてます。萌え死にです。全米ライフル協会さえドン引きなくらいの死に方です！　どうしてくれるんですか？」
賀東「俺《おれ》に言わないでください。つーかそんなやつら死んでればいいでしょ!?」
イリーナ「おお、最悪ですね！　あなたがた日本人は、償《つぐな》いをするべきだと思いませんか？……具体的には、そのコネを使ってわたしに限定グッズを渡したりすべきなんです……！」
賀東「それが目当てですか」
イリーナ「ああっ、口がすべりました。とにかくじっくり話しましょう。いま、あなたの家の玄関の前にいます。出てきてください」
賀東「ええ？　さっきからヘリやらリムジンやらの音がうるさいと思ったら……おまえだったのかよ！」
イリーナ「インタビューの合間を縫ってきたんです。はやく、はやく」
賀東「あー、もう。（玄関から出て行く）……うわー、本当にいた。カンベンしてくれよ……。なんかすぐそばに黒服のボディガードとかいるし。これだからセレブは」

イリーナ「気にしないでください。ごぶさたしています」
賀東「あー、どうも。……なんか前と全然変わってませんね。若いっつーか、幼いっつーか……。実は本当にセマーニ人だとか？」
イリーナ「誉《ほ》め言葉か、けなし言葉かは、あえてつっこまないでおきます。わたしが子供っぽいのはどうにもなりません。ラケバイです。ケーニシェバです」
賀東「うろ覚えのファルバーニ語を言われても困ります」
イリーナ「すみません。とにかく『Fre●!』のグッズをください。そうすれば大人《おとな》しく帰りますから」
賀東「ええ!?　そう言われても……無理ですよ。私はただのライター兼ノベリストで、付き合いのあるスタジオに好き勝手頼めるわけじゃないんです。そんな便宜《べんぎ》ははかれませんよ」
イリーナ「なんですって!?」
賀東「そんな絶望的な顔しなくても……」
イリーナ「そこを何とかしてください！」
賀東「無理です。あきらめてください」
イリーナ「ああっ……そんな、そんな……」
賀東「泣くなって」

その後、なんだかんだでイリーナさんはセレブ特有の特権を諦《あきら》め、すごすごと帰っていった。
最近、彼女のことはチェックしていなかったが、実はいまだにすさまじい人気らしい。あのぼんやりとしたボケっぷりと不思議な色気。それらが世間では人気のようだが――

イリーナ「うんざりです」

と、メールのやり取りで彼女は言っていた。
いろいろ彼女にも苦労があるらしい。まあとにかく、イリーナ嬢がいまの仕事に熱意があるのは間違いなさそうだったが――

×　　×　　×

はい、大変すみません。
三巻同様、またしても超ギリギリの状況でこのあとがきを書いています。ちょっとはこの作品のコンセプトやら、あれやこれやを熱く語ったりしたいものなのですが……うん、すみません。ちょっといまの時間的に無理な感じです。今回は三巻に比べて、わりとゆるくて軽い感じの話にしてみました。個人的には、こんなノリのコップクラフトも大事だと思っています。

……とはいえ、『ティラナの中の人イリーナさん』というキャラは意外に好評のようでして、機会があったら彼女にもスポットを当てたいところです。ご声援を！

バタバタしていて、ちょっと間があいてしまいましたが、今後もこの『コップクラフト』シリーズはどしどし続けていきたいと思っています。

なにとぞご声援のほど、よろしくお願いいたします！

二〇一四年　三月　賀東招二

ふーっ
ふーっ

COP CRAFT 5

Dragnet Mirage Reloaded

COMING SOON...

…And to be continued!

ガガガ文庫3月刊

カクリヨの短い歌3
著／大桑八代《おおくわやしろ》
イラスト／pomodorosa《ポモドロサ》
とある仏像を狙う帳ノ宮真晴と、彼女を狙う歌詠み――椿市と振根。そこへ祝園完道を加えた各人の思惑が「鎮花祭」で交錯する。三十一文字を巡る物語・第三章、桜は咲いて散るものだと信じていた………。
ISBN978-4-09-451470-4（ガお4-3）　定価:本体571円+税

コップクラフト4 DRAGNET MIRAGE RELOADED
著／賀東招二《がとうしょうじ》
イラスト／村田蓮爾《むらたれんじ》
サンテレサ市警の特別風紀班に所属する敏腕刑事・マトバと美少女剣士・ティラナは密輸業者から密輸品を押収するが、その直後、ティラナに異変が起こり……!?　3年ぶりに帰ってきた大人気ポリスアクション第4弾！
ISBN978-4-09-451471-1（ガか7-4）　定価:本体571円+税

神器少女は恋をするか？
著／手島史詞《てしまふみのり》
イラスト／鉄豚《てつぶた》
機械が暴走し戦闘機や核兵器までがコントロール不能になる謎の現象が勃発。人類の存亡は神話の聖剣の力を持つ「神器少女」に託された。でも、その前に生まれたての彼女たちに「生きる意味」を教えないと!?
ISBN978-4-09-451472-8（ガて1-7）　定価:本体600円+税

とある飛空士への誓約5
著／犬村小六《いぬむらころく》
イラスト／森沢晴行《もりさわはるゆき》
ウラノス王都にて、ニナ・ヴィエントと仲良くするよう命令されるミオ。軍警によって囚われてしまった清顕、かぐら。清顕の口封じを密かに狙うライナ。そんな中、バルタザールやセシルは重大な決断をせまられ……。
ISBN978-4-09-451473-5（ガい2-17）　定価:本体600円+税

ノノメメ、ハートブレイク3
著／近村英一《このむらえいいち》
イラスト／竜徹《りゅうてつ》
"天王洲争奪戦"開催！　優勝者には天王洲との一日デート権が与えられるこのイベントに、学校内に潜んでいた隠れ天王洲ファンたちが、我こそはと名乗りを上げる！　この事態に東雲芽吹は……。シリーズいよいよ完結！
ISBN978-4-09-451474-2（ガこ2-3）　定価:本体571円+税

初恋コンテニュー2
著／なかひろ
イラスト／wingheart《ウイングハート》
ゲームの世界から無事に生還した海と空。しかし、日常へ戻った二人の前にパーシィが現れ、状況は一変する――。次のゲームは前回クリアした作品のバージョン2。新たなシステムに二人は対応できるのか!?
ISBN978-4-09-451475-9（ガな7-2）　定価:本体571円+税

不戦無敵の影殺師《ヴァージン・ナイフ》
著／森田季節《もりたきせつ》
イラスト／にいと
異能力の使用が法律により制限され、異能力者はTV等で「嘘の戦い」を演じる人気商売になっていた。実力的には最強なのに、暗殺という異能力のために仕事も人気も全くない朱雀と小手毬に、下克上のチャンスはある？
ISBN978-4-09-451476-6（ガも3-4）　定価:本体590円+税

GAGAGA

ガガガ文庫

コップクラフト 4
DRAGNET MIRAGE RELOADED

賀東招二

発行　2014年3月23日　初版第1刷発行

発行人　佐上靖之

編集人　野村敦司

編集　代田雅士

発行所　株式会社小学館
〒101-8001 東京都千代田区一ツ橋2-3-1
[編集]03-3230-9343　[販売]03-5281-3556

カバー印刷　株式会社美松堂

印刷・製本　図書印刷株式会社

Printed in Japan　ISBN978-4-09-451471-1